안녕, 꾸러기 친구
도깨비야

〈안녕, 꾸러기 친구 도깨비야〉는 초등학교 교과서의 이런 단원과 관련이 깊어요.

2학년 2학기 국어

2. 바르게 알려 줘요 〈장승〉
6. 하고 싶은 말 〈으악, 도깨비다!〉

3학년 1학기 국어

7. 이야기의 세계 〈도깨비를 골탕 먹인 농부〉

4학년 1학기 국어

3. 이 생각 저 생각 〈시험 보는 도깨비〉

5학년 2학기 국어

1. 상상의 표현 〈능텅 감투〉

3학년 2학기 사회

3. 다양한 삶의 모습
   (2) 변화하는 전통 의례

오십 빛깔 우리 것 우리 얘기 ㉚

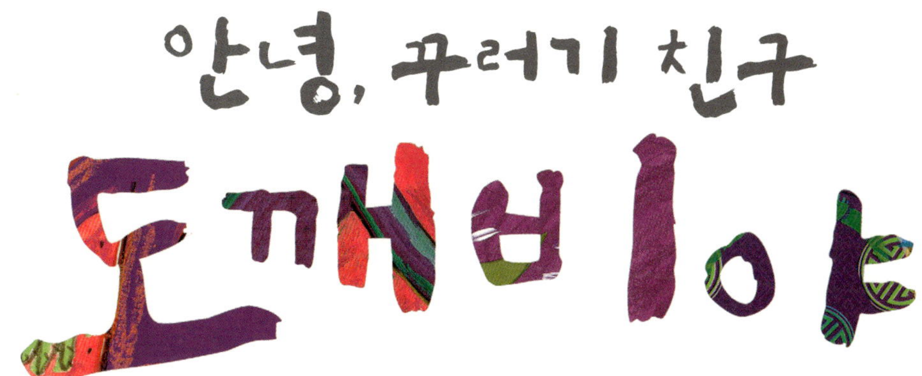

안녕, 꾸러기 친구 도깨비야

우리누리 글 • 민재회 그림

주니어중앙

추천의 말

어린이가 꿈을 키우는 터전

꿈 많은 어린 시절엔 장대한 역사와 위대한 문화유산에 관한
책을 읽는 것이 좋다.
거기에는 어린이가 꿈을 키우는 터전이 있기 때문이다.
감수성 예민한 어린 시절엔 흥미로운 그림을 통하여
재미있게 이야기를 풀어간 책이 좋다.
그것은 시각적 인식을 통해 어린이의 상상력을 자극하기 때문이다.
『오십 빛깔 우리 것 우리 얘기』는 이런 필요조건을 갖춘
고급 어린이 교양도서라 할 만한 것이다.

유홍준
(전 문화재청장, 현 명지대 교수,
『나의 문화유산 답사기』 저자)

이 책을 추천해 주신 선생님들

• 전래놀이, 풍속과 관련된 수업에 활용하고 있습니다. 옛 풍속과 관련해서 요즘에는 잘 사용하지않는 용어들이 있어서 아이들이 어려워하는데, 이 책에는 사진 자료와 함께 쉽고 정확하게 설명이 되어 있어 아이들이 이해하기 쉽게 되어 있습니다.

— 손영수 선생님(가사초등학교)

• 아이들이 우리의 전통문화를 쉽게 접할 수 있도록 도움을 주는 소중한 자료입니다. 우리 학교의 독서 퀴즈 대회에서 매년 사용하는 책이랍니다.

— 성주영 선생님(도당초등학교)

• 우리의 옛 풍습과 문화, 관혼상제 등에 대해 자세히 설명되어 있어 수업을 하기 전에 미리 읽어 오라고 하는 도서입니다.

— 전은경 선생님(용산초등학교)

• 우리의 문화와 역사를 등학생들이 이해하기 쉽도록 재미있는 옛이야기로 풀어낸 점이 가장 마음에 듭니다. 등 교과와 연계된 부분이 많아 학교 수업에 많이 활용하는 도서입니다.

— 한유자 선생님(삼일초등학교)

김임숙 선생님(팔달초)
오재민 선생님(조원초)
최정희 선생님(온곡초)
이광란 선생님(고리울초)
문수진 선생님(덕산초)
김미정 선생님(청덕초)
정상각 선생님(대선초)

조윤미 선생님(화양초)
박연희 선생님(우이초)
정경순 선생님(시흥초)
김명순 선생님(오목초)
정지은 선생님(세검정초)
조정신 선생님(서신초)
서흥희 선생님(수일중)

이경혜 선생님(군포초)
박혜미 선생님(대평중)
박현숙 선생님(중흥초)
신지연 선생님(개포초)
정선정 선생님(백봉초)
김경아 선생님(서륵초)
윤란희선생님(안산시근로자시민문화센터어린이도서관)

염효경 선생님(지동초)
이진희 선생님(수일초)
김정남 선생님(외동초)
심선희 선생님(상원초)
김미란 선생님(둔전초)
김란희 선생님(유덕초)

『오십 빛깔 우리 것 우리 얘기』를 펴내며

향기를 오롯이 담아낸 그릇

『오십 빛깔 우리 것 우리 얘기』 시리즈가 처음 출간된 지 어느덧 16년이 되었습니다. 그동안 수많은 어린이와 부모님, 그리고 선생님들의 사랑을 받으며 전 50권이 완간되었고, 어린이 옛이야기 분야의 고전(古典)이자 스테디셀러로 굳건히 자리매김해 왔습니다.

이 시리즈는 '소중히 지켜야 할 우리 것'에 대한 이야기를 어린이를 위해 '쉽고 재미있게' 풀어쓴 책입니다. 내용으로는 선조들의 생활과 풍습 이야기, 문화재와 발명품 이야기, 인물과 과학기술 · 예술작품 이야기, 팔도강산과 고유 동식물 이야기 등 우리나라 역사와 전통문화 모든 영역을 총망라하고 있습니다. 그리고 이를 50가지 주제로 엮어 저학년 어린이도 얼마든지 볼 수 있도록 맛깔나는 옛이야기로 담아냈습니다. 장대한 역사와 위대한 문화유산을 배우기에 옛이야기만큼 좋은 형식도 없기 때문입니다.

대한민국 국민으로서 알아야 하고 전해야 할 우리 것, 우리 얘기는 아주 많습니다. 그동안 이 시리즈를 통해 많은 어린이가 우리 것을 알게 되고, 우리 얘기를 사랑하게 되었을 것입니다. 시간이 흘러도 역사와 전통문화의 향기는 변하지 않기 때문입니다.

하지만 저희는 그 향기를 담아내는 그릇이 그간 색이 바래고 빛을 잃었다는 사실에 가슴이 아프고 안타까웠습니다. 그래서 책에서 전하는 우리 것의 향기를 오롯이 담아낼 수 있는 새로운 그릇을 찾고자 하였습니다. 그 그릇을 통해 향기가 더욱 그윽해지고 멀리까지 퍼져서, 수백 년 수천 년 전의 우리 것이 오늘날에도 살아 숨 쉴 수 있도록 생명력을 주고자 하였습니다.

이에 몇 가지 원칙을 가지고 『오십 빛깔 우리 것 우리 얘기』 시리즈를 새롭게 출간하게 되었습니다.

◎ 원작이 가지는 옛이야기의 맛과 멋을 그대로 살렸습니다.
◎ 요즘 독자들의 감각에 맞추어 디자인과 그림을 50권 전권 전면 개정하였습니다.
◎ 교과 학습의 길잡이가 될 수 있도록 연계 교과를 표시하였습니다.
◎ 학습정보 코너는 유익함과 재미를 함께 줄 수 있도록 4컷 만화, 생생 인터뷰, 묻고 답하기 등으로 내용을 재구성하였고, 최신 정보와 사진을 수록하였습니다.
◎ 도표, 연표, 역사신문, 체험학습 등으로 권말부록을 풍성하게 꾸며서 관련 교과 학습을 강화하였습니다.

이 책을 처음 읽었을 8살 꼬마 독자는 지금쯤 나라와 민족에 긍지를 가진 25살 자랑스러운 대한민국 청년이 되었을 것입니다. 그 청년이 부모가 되어서도 자녀에게 다시 권할 수 있는 그런 책이 되기를 바라며, 이 시리즈를 오십 빛깔 그릇에 정성껏 담아 내어놓습니다.

주니어중앙

도깨비와 친구가 되는 방법

혼자 있는 밤이나 천둥 번개가 치는 밤에는 왠지 무서워요. 도깨비나 귀신이 나타날까 봐 겁이 나거든요. 하지만 귀신이나 도깨비에 대해 알고 나면 무서워 할 필요가 없어요.

귀신에도 좋은 귀신과 나쁜 귀신이 있거든요. 사람이 잘살 수 있도록 도와주는 귀신을 '신'이라고 부르지요. 사람에게 병을 주고, 흉년이 들게 하거나 불이 나게 해서 사람을 괴롭히면 '귀신'이라고 부르고요.

옛이야기에 자주 등장하는 도깨비는 귀신보다 훨씬 재미있는 친구랍니다. 도깨비는 생김새도 사람과 비슷하고, 몸집이 커 힘이 세지요. 또 장난치는 걸 아주 좋아해서 사람을 골탕먹이기도 하지만 사람의 꾀에 속아 넘어가기도 해요. 도깨비는 마음만 먹으면 사람을 부자로 만들어 주거나 사람과 친구가 되기도 해요.

하지만 나쁜 일을 한 사람에게는 무서운 벌을 주지요.

우리 조상들은 귀신과 도깨비를 무서운 존재로 생각하지 않았어요. 바른 마음으로 착하게 살면 귀신이나 도깨비에게 도움을 받을 수 있다고 생각했거든요. 도깨비의 비상한 힘과 재주를 믿었으니까요. 그래서 실제로 귀신이나 도깨비에게 가족이나 마을을 지켜달라고 빌기도 했어요.

지금부터 우리 조상들이 귀신과 도깨비를 어떻게 생각하고 만나고 믿었는지 알아보아요. 짓궂은 장난을 즐겨하고 심술궂은 일을 많이 하는 도깨비와 함께 과거로의 여행을 떠나요.

어린이의 벗 우리누리

차례

도깨비와 친구가 된 돌쇠

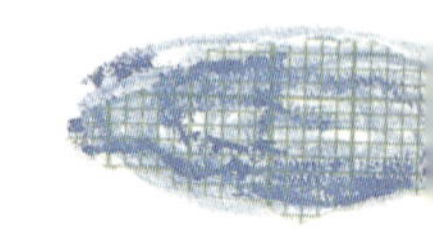

"어휴, 자식이라고 아들 하나 있는 것이 저렇게 미련해서 어디다 쓸까?"

아버지와 어머니는 돌쇠만 생각하면 한숨이 나왔어요. 마을 사람들은 돌쇠를 곰이라고 불렀어요. 어찌나 미련한지 돌쇠는 동네 아이들에게도 놀림을 받기 일쑤였어요. 하지만 돌쇠는 사람들이 놀려도 웃기만 했지요.

부모님은 돌쇠가 조금이라도 똑똑해지길 바라며 서당에 보냈어요. 밤늦도록 선생님을 모셔두고 공부를 가르치기도 했고요. 하지만 아무 소용없는 일이었어요. 그런다고 돌쇠가 갑자기 영리해질 리가 있겠어요?

"돌쇠를 집에 두었다가는 영 바보가 되고 말겠어. 세상 구경도 하고 사람을 만나며 경험을 쌓게 합시다. 그러면 돌쇠가 좀 나아질지 모르지 않소?"

돌쇠 아버지가 한숨을 쉬며 말했어요. 그 소리를 들은 돌쇠 어머니는 가슴이 찢어지는 듯 아팠어요. 하지만 돌쇠가 좀 나아지기 위해서는 다른 방법이 없었어요.

집을 나온 돌쇠는 어디로 가야 할지 몰랐어요. 처음에는 구름이 흘러가는 쪽으로 걸었어요. 그러다 강을 만나 강물이 흐르는 대로 따라갔어요. 그렇게 여기저기를 돌아다녔지요.

가을 날씨라서 돌아다니는 것이 즐거웠어요. 산과 들에는 먹을 것이 많이 있었고, 잠도 아무 데서나 잘 수 있었으니까요. 그러다가 시간이 흘러 겨울이 왔어요.

"아이고, 추워라. 오늘 밤은 어디서 자나?"

산속을 헤매던 돌쇠가 빈집 하나를 발견했어요. 돌쇠는 빈집으로 들어가 다리를 쭉 펴고 누웠어요.

"오늘 밤은 여기서 자면 되겠구나."

방의 따뜻한 온기 때문에 돌쇠는 눕자마자 드르렁드르렁 코를 골며 잠이 들었어요.

"아니, 이게 무슨 소리야. 어떤 놈이 겁도 없이 내 집에 들어와 잠을 자는 거야. 혼을 내줘야겠군."

돌쇠는 정신없이 자다가 자기를 '툭툭' 건드리는 사람 때문에 잠에서 깼어요. 돌쇠 앞에는 키가 크고 털이 듬성듬성 난 사람이 서 있었어요. 돌쇠는 벌떡 일어나 무릎을 꿇고 앉아 말했어요.

"안녕하세요? 집주인이신가요? 제 이름은 돌쇠예요. 오늘 밤만 재워 주시면 안될까요?"

돌쇠의 말을 들은 집주인은 기막히다는 듯 헛웃음을 치며 물었어요.

"너, 내가 누군지 알아?"

"아니오. 모르겠는데요."

고개를 갸웃거리는 돌쇠를 보며 집주인이 말했어요.

“난 도깨비야, 도깨비. 내가 무섭지도 않아?”

돌쇠는 도깨비를 말똥말똥 쳐다봤어요. 도깨비는 돌쇠와 비슷한 저고리와 바지를 입고 있었어요. 도깨비라고는 하지만 사람과 다른 것 같지 않았어요.

“별로 무섭지 않은데요.”

“별 희한한 놈 다 봤네. 너 집이 어디니?”

“여기서 아주 멀어요. 아버지 어머니가 세상 구경하고 오라고 했어요.”

“그렇구나! 그럼 너 나랑 친구 할래?”

돌쇠는 친구가 생긴다니 기뻤어요. 사람들은 돌쇠를 놀리기만 하고 아무도 친구가 되어 주지는 않았거든요. 겨울 동안 돌쇠와 도깨비는 재미있게 지냈어요.

어느덧 따뜻한 봄이 왔어요. 돌쇠는 개울가에 앉아 있었어요. 어미 물고기와 아기 물고기가 나란히 헤엄치는 것이 보였어요. 돌쇠는 갑자기 부모님이 보고 싶어졌어요.

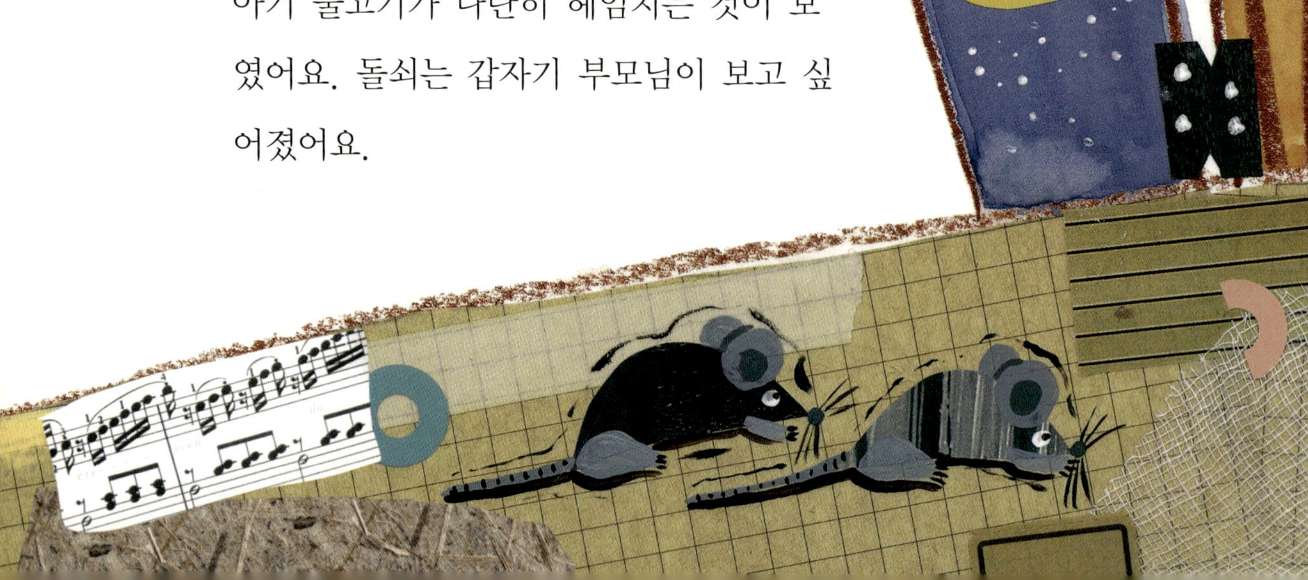

너 내가 누군지 알아?
아니오.

"도깨비야, 나 집에 가고 싶어. 부모님이 보고 싶어."

"그래? 그럼 할 수 없지. 그동안 친구가 되어 줘서 고마웠어. 이 염소를 가져가. 염소 궁둥이를 두들기면 좋은 일이 생길 거야. 그리고 내 도움이 필요하면 언제든지 찾아와."

돌쇠는 도깨비의 말대로 염소 궁둥이를 두들겼어요. 그러자 염소 궁둥이에서 금돈이 쏟아지는 게 아니겠어요.

"부모님이 보시면 틀림없이 기뻐하실 거야. 도깨비야, 고마워."

돌쇠는 염소를 몰고 길을 떠났어요. 얼마쯤 가니 날이 저물어 가까운 주막을 찾아 들어갔어요. 돌쇠는 염소를 주인에게 맡기며 말했어요.

"주인장, 절대 염소 궁둥이는 두들기면 안 돼요."

주인은 왜 궁둥이를 두드리면 안 되는지 이유가 궁금해서 참을 수가 없었어요.

'왜 염소 궁둥이를 두들기지 말라고 했을까?'

돌쇠가 잠이 들자 주인은 염소에게 가서 궁둥이를 두

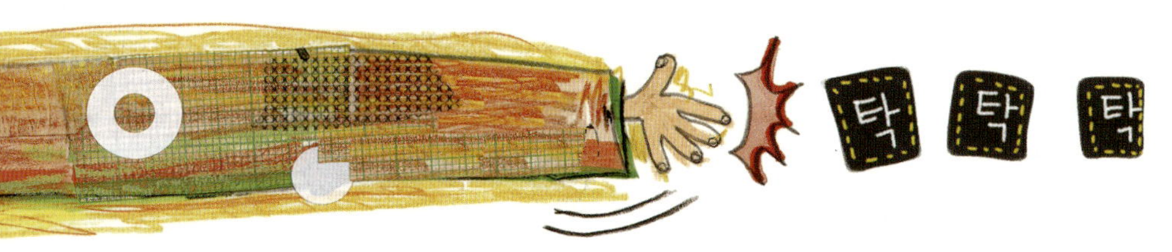

들겼어요. 그러자 염소 궁둥이에서 반짝 반짝 금돈이 쏟아지기 시작했어요. 주인은 깜작 놀랐어요.

'이 염소만 있으면 금방 부자가 되겠는걸. 그런데 염소를 어떻게 빼앗지?'

주인은 한참을 생각하더니 자기 염소와 돌쇠의 염소를 바꿔 놓았지요.

날이 환하게 밝았어요. 아무것도 모르는 돌쇠는 염소를 끌고 길을 떠났어요. 돌쇠는 한나절 무렵에야 집에 도착할 수 있었어요. 돌쇠는 오랜만에 부모님을 만나자 너무 반가웠어요. 돌쇠는 인사를 하자마자 자랑을 시작했어요.

"제 친구 도깨비가 준 염소예요. 자, 보세요. 이제 금돈이 쏟아질 거예요."

돌쇠는 염소 궁둥이를 두들겼어요. 그런데 어찌 된 일인지 염소가 동글동글 똥만 싸는 거예요.

선물이요.

“도깨비가 염소를 주었다고? 아이고, 이제 이놈이 미치기까지 했구나!”

“돌쇠 아버지, 세상 구경을 하기 전보다 더 미련해졌으니 어쩌면 좋아요?”

아버지와 어머니는 땅을 치며 울었어요. 부모님의 반응에 놀란 돌쇠는 다시 도깨비를 찾아갔어요. 돌쇠는 도깨비를 만나자마자 따졌어요.

“도깨비 너는 어떻게 친구를 속일 수 있니? 진짜 실망이다.”

도깨비는 돌쇠가 다짜고짜 화를 내자 무슨 일이 일어났는지 차근차근 물어봤어요. 돌쇠의 이야기를 모두 들은 도깨비는 기가 막혔어요.

“뭐라구? 넌 네 친구지만 어쩜 그렇게 미련하니? 염소 궁둥이를 두들기지 말라고 하면 어떻게 해. 사람들은 하지 말라고 하면 더 하고 싶어 한단 말이야. 이번에는 나랑 함께 가자. 내가 주막집 주인을 혼내줄 테니.”

돌쇠와 도깨비는 염소를 데리고 갔던 주막을 찾아갔어요.

도깨비는 주인에게 방망이 하나를 맡겼어요. 그리고 귓속말로 이야기했어요.

"주인장, 이 방망이는 아주 귀중한 것이오. 그러니 하룻밤만 방망이를 맡아 주시오. 대신 '때려라' 라는 말을 절대로 해선 안 됩니다."

주인은 뛸 듯이 기뻤어요. 지난번에 염소를 빼앗은 돌쇠 때문에 돈을 많이 벌었는데, 이번에 친구까지 데려와 귀하게 보이는 방망이를 맡겼으니까요.

'지번 염소는 금돈을 수었는데, 이 방망이는 무얼 줄까?'

밤이 깊자 마자 주인은 방망이를 가지고 뒷마당으로 갔어요.

"때려라"

주인은 방망이에게 명령했어요. 그러자 방망이가 주인을 마구 때리기 시작했어요. 주인은 깜짝 놀라 방망이를 피해 달아났어요. 하지만 방망이는 계속 주인을 따라다니며 때렸어요. 주인은 너무 아파 고래고래 소리를 질렀지요.

"아이고, 사람 살려. 제발 이 방망이 좀……."

방 안에서 그 모습을 지켜보던 돌쇠와 도깨비가 뒷마당으로 나왔어요.

"이놈, 감히 내 친구의 물건을 훔쳐? 맛 좀 봐라!"

화가 난 도깨비가 방망이에게 더 세게 치라고 명령했어요. 방망이는 주인을 더 세게 때렸지요. 돌쇠는 주인이 불쌍해졌어요.

"도깨비야, 이제 그만하자."

"친구가 원한다면 그렇게 할게. 좋아, 염소는 어디 있지?"

"저 마구간에 있소."

"멈춰라!"

도깨비가 방망이에게 명령하자 방망이가 금세 멈췄어요. 이렇게 해서 돌쇠는 도깨비가 준 염소를 다시 찾게 되었지요.

돌쇠와 도깨비는 오래오래 좋은 친구로 지냈고, 주막집 주인은 다시는 사람을 속이지 않았다고 해요.

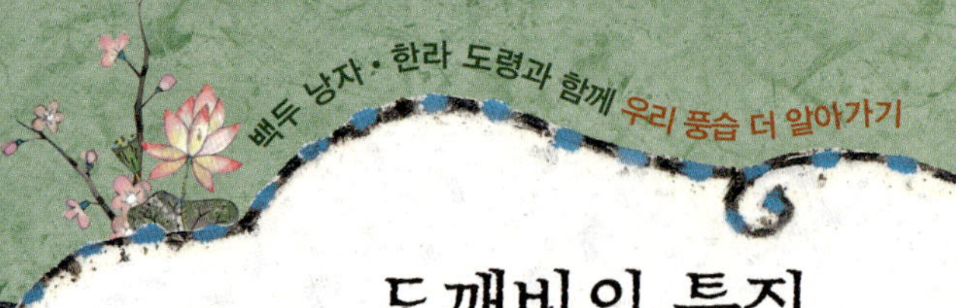
백두 낭자·한라 도령과 함께 우리 풍습 더 알아가기

도깨비의 특징

돌쇠를 도와주는 도깨비가 너무 멋져요. 그런데 도깨비는 어디에서 왔나요?

도깨비에 관한 기록은 아주 오래전부터 있었어요. 하지만 도깨비가 언제, 어디서, 어떻게 시작되었는지는 정확히 알 수 없어요. 전국 방방곡곡에 도깨비에 관한 이야기가 전해지는 걸 보면 우리 조상들은 오래전부터 도깨비와 함께 살았다는 것을 알 수 있어요.

도깨비가 세겨진 귀면와를 보면 굉장히 무서워요. 그런데 정말 도깨비는 무서운 존재였나요?

삼국 시대나 발해 시대의 기와 중에는 귀면와가 많아요. 귀신의 얼굴을 세긴 기와를 귀면와라고 하는데 날카로운 이빨, 뾰족한 뿔이 돋은 무서운 얼굴을 하고 있지요.

다양한 귀면와

귀면와가 도깨비의 얼굴을 그려 넣은 것이라고 알려져 있었지만 요즘 학자들은 용의 얼굴이라고 주장하고 있어요. 우리 조상들이 생각했던 도깨비의 얼굴은 험상궂고 무섭지 않았거든요. 사람보다 몸집은 크지만 사람을 닮은 온순하고 착한 얼굴이라고 해요.

도깨비 얼굴이 온순하다니 참 다행이에요. 이름은 귀엽고 재밌는데 얼굴이 무서우면 어울리지 않으니까요. 그러면 도깨비의 이름과 종류는 하나만 있나요?

그렇지 않아요. 돗가비, 도채비, 돛채비, 토째비, 토찌비, 또깨비, 또개비처럼 고장마다 부르는 이름이 다양해요. 이름뿐만 아니라 종류도 다양하지요. 사람에게 은혜를 베푸는 도깨비는 참 도깨비나 인 도깨비로 불러요. 낮에 나타나는 도깨비는 낮 도깨비, 털이 많으면 털보 도깨비예요. 여자 도깨비, 벙어리 도깨비, 아이 도깨비, 푸른 도깨비도 있답니다.

무령왕릉에서 출토된 요패에 있는 도깨비 무늬예요.

도깨비에게
혼이 난 산적

"웅아, 오늘 밤은 여기서 자고 가거라."

"아니에요. 빨리 가서 어머니께 약을 사 드려야지요."

"요새 산적이 많다는데, 혼자 보내는 것이 걱정되는구나! 내일 다른 사람들과 함께 산을 넘으면 좋으련만……."

"올 때도 아무 일 없었으니 괜찮을 거예요."

웅이는 인사를 하고 작은아버지 집을 나왔어요. 작은아버지는 웅이의 뒷모습을 보며 말했어요.

"에고, 어린 것이 불쌍도 하지."

웅이는 어머니와 단둘이 살았어요. 어머니가 바느질을 해서 먹고 살았어요. 그런데 얼마 전, 어머니가 갑자기 병에 걸렸어요. 웅이는 약을 사고 싶었지만 돈이 없었기 때문에 작은아버지를 찾아왔던 거예요.

작은아버지는 산 너머 마을에 살고 있었는데 웅이가 돈을 빌렸을 때는 이미 날이 저물고 있었어요. 하지만 웅이는 아픈 어머니를 혼자 둘 수 없어서 집으로 향했어요.

웅이는 캄캄해진 산길을 걸었어요. 부엉이의 울음소리에 나무 뒤에서 귀신이 불쑥 튀어나올 것만 같았어요. 웅이는 주위를 두리번거렸어요.

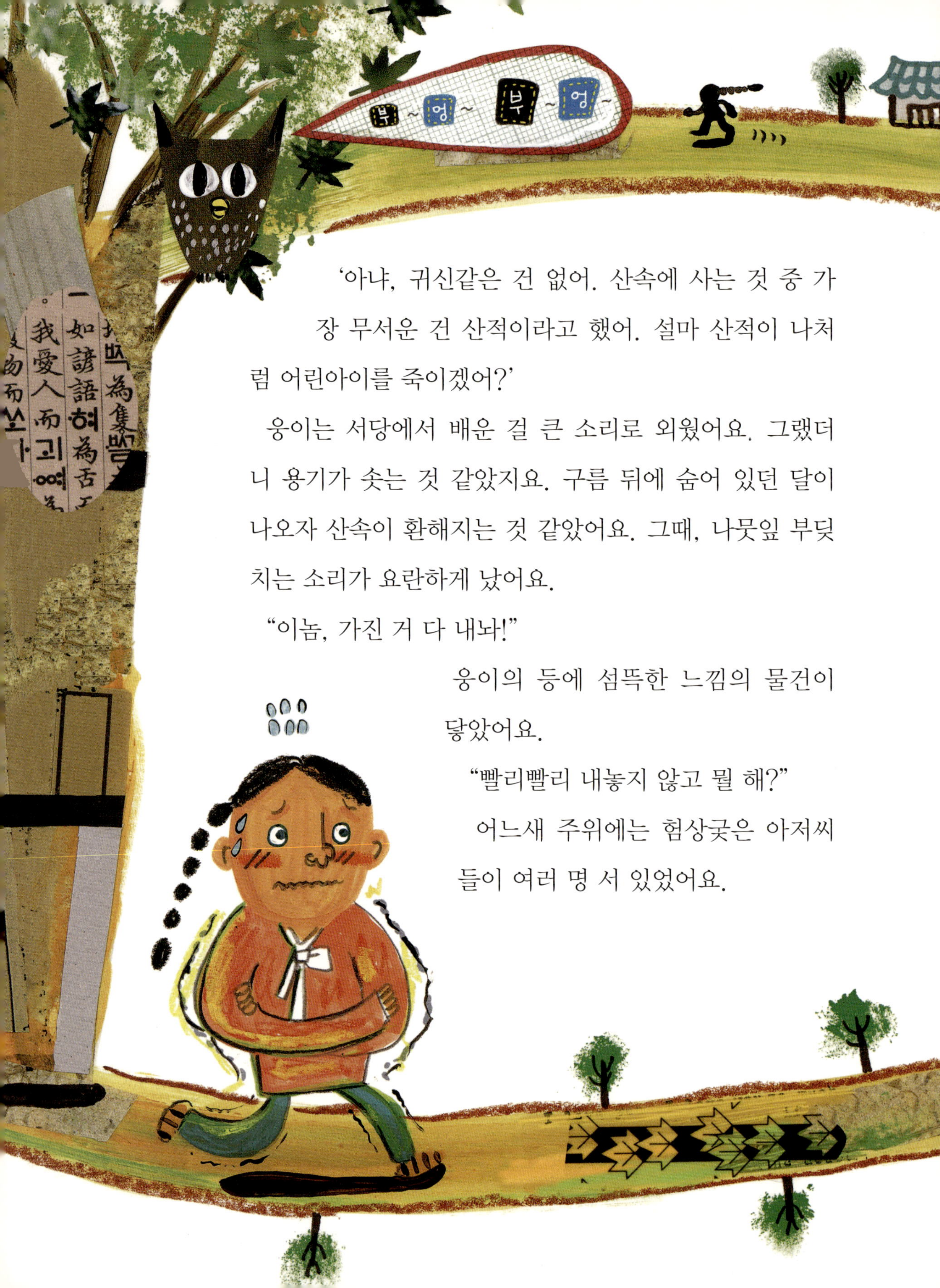

‘아냐, 귀신같은 건 없어. 산속에 사는 것 중 가장 무서운 건 산적이라고 했어. 설마 산적이 나처럼 어린아이를 죽이겠어?’

웅이는 서당에서 배운 걸 큰 소리로 외웠어요. 그랬더니 용기가 솟는 것 같았지요. 구름 뒤에 숨어 있던 달이 나오자 산속이 환해지는 것 같았어요. 그때, 나뭇잎 부딪치는 소리가 요란하게 났어요.

“이놈, 가진 거 다 내놔!”

웅이의 등에 섬뜩한 느낌의 물건이 닿았어요.

“빨리빨리 내놓지 않고 뭘 해?”

어느새 주위에는 험상궂은 아저씨들이 여러 명 서 있었어요.

아저씨들의 손에는 칼이 번쩍였어요. 그 모습을 본 웅이는 다리에 힘이 쭉 빠졌어요.

"아…… 아저씨, 제발 살려 주세요."

"그래, 살려 줄 테니 가진 거 다 내놔."

맨 앞에 서 있던 산적이 말했어요.

'산적을 만났으니 어쩌면 좋지? 틀림없이 날 죽이려고 할 텐데……. 하지만 이 돈은 절대 줄 수 없어.'

웅이는 마음속으로 생각한 뒤에 산적에게 말했어요.

"전 가진 게 아무것도 없어요. 저 같은 어린아이가 가진 게 뭐가 있겠어요."

웅이는 말을 하면서도 땀이 줄줄 흘렀어요.

"그래, 정말 가진 게 하나도 없어?"

"예, 정말이에요. 친구 집에서 늦게까지 놀다 지금에야 집에 가는 중이었어요."

산적들은 저희끼리 수군수군 이야기를 했어요.

"어쩌지, 가진 게 없다는데."

"당장 돈이 없으면 우리는 내일부터 굶어야 해."

산적이 웅이에게 칼을 들이대며 다시 물었어요.

"돈을 가지고 있으면 널 가만 두지 않을 거야. 좋게 말할 때 내놔."

"돈 같은 건 정말 없어요."

웅이의 말이 끝나자마자 산적들은 웅이의 옷을 뒤졌어요. 그리고 얼마 지나지 않아서 돈을 찾았지요.

"이건 돈이 아니고 뭐야? 감히 우리에게 거짓말을 해? 이 녀석을 나무에 묶어라."

돈을 뺏긴 웅이는 살려 달라고 애원 했어요.

"병든 어머니께 약을 사드릴 돈이에요. 그러니 제발……."

"흥! 어림없다."

산적들은 웅이를 나무에 묶고 어떻게 해야 할지 의논했어요.

"도와주세요. 사람 살려요."

웅이는 소리를 질렀어요. 하지만 깊은 산속이라 듣는 사람이 있을리 없었지요. 하늘의 달만 웅이를 내려다볼 뿐이었어요. 사실 산속에는 웅이와 산적 말고 누군가 있었어요. 바로 도깨비였지요.

"이게 무슨 소리야. 오늘 밤은 왜 이렇게 시끄럽지?"

"글쎄 말이야. 오랜만에 신 나게 놀려고 했더니……."

도깨비들은 소리 나는 곳으로 갔어요.

"어! 오 정승 아니야?"

"오 정승이라구? 저기 나무에 묶여 있는 저 아이가 오 정승이야?"

"그래, 너 아직 모르고 있었니? 저 아이 이름이 오웅이야. 앞으

로 정승이 될 사람이지. 그런데 왜 저러고 있지?"

"살려 주세요. 살려 주세요."

웅이는 계속 소리를 질렀어요.

"소리 질러도 아무 소용없어. 이 산속에는 우리 말고 아무도 없거든."

"조용히 해. 너무 시끄러워서 널 죽일 방법이 생각나지 않잖아."

산적들이 버럭 소리를 질렀어요. 도깨비들은 서로 얼굴을 쳐다보며 걱정했어요.

"산적한테 잡혔나 봐. 죽이려나 봐, 어떡하지?"

"우리가 구해 주자."

"도깨비감투를 쓰면 우리 모습이 보이지 않을 거야. 산적

들이 우리보다 많긴 하지만 방망이도 있으니까 우리가 이길 수 있을 거야."

도깨비들은 감투를 썼어요. 감투는 머리에 쓰는 모자 같은 것인데 도깨비감투를 쓰면 모습이 보이지 않거든요.

감투를 쓴 도깨비들은 산적에게 다가갔어요. 그러고는 수염이 많이 난 산적의 머리를 세게 때렸어요.

"아야, 어떤 놈이야?"

머리를 맞은 산적은 주위를 두리번거렸어요. 하지만 산적과 묶인 웅이 말고는 아무도 보이지 않았어요.

"네가 때렸니?"

"아니. 난 가만히 있었는 걸."

다시 한 번 도깨비가 수염이 많은 산적을 방망이로 쳤어요.

"아얏, 왜 자꾸 때리는 거야? 너도 맛 좀 봐라."

도깨비에게 맞은 산적이 옆에 있는 산적의 얼굴을 쳤어요. 그렇게 해서 산적끼리 싸움이 났어요. 서로 주먹으로 치고 발길질을 했지요. 감투를 쓴 도깨비들도 방망이로 산적들을 때렸어요. 나무에 묶인 웅이가 보기에는 산적들끼리 싸우는 것 같았어요.

'빨리 도망가야 하는데…….'

웅이는 줄을 풀려고 몸을 비틀었어요.

산적들은 저희끼리 싸우고 도깨비한테도 정신없이 맞았어요.

그러다 땅바닥에 쓰려져 버렸어요.

그때, 웅이를 묶고 있던 줄이 스르르 풀렸어요. 도깨비들이 풀어 준 것이지요. 웅이는 산적에게 뺏긴 돈을 찾아 한달음에 집으로 달려갔어요.

"이야, 우리가 오 정승을 구해냈다."

도깨비들은 펄쩍펄쩍 뛰면서 기뻐했지요.

어머니는 웅이가 사온 약을 먹고 금세 나았어요. 몇 년 후에 웅이는 과거에 급제했고 도깨비가 말한 대로 백성들을 잘 다스리는 훌륭한 정승이 되었답니다.

도깨비가 쓰는 신기한 물건

도깨비 이야기를 읽다보면 가끔씩 도깨비가 요술을 부리기도 하잖아요. 도깨비는 어떤 요술을 부리나요?

도깨비는 꾀를 쓰거나, 힘으로 사람을 돕지요. 가끔 요술을 부리기도 해요. 요술을 부릴 때 사용하는 것이 바로 도깨비 방망이지요. 도깨비 방망이를 휘둘러 부자를 만들어주기도 하고, 나쁜 짓을 한 사람들을 혼내 주기도 해요. 도깨비감투도 자주 등장하는데. 도깨비감투를 쓰면 투명 인간이 되어서 다른 사람의 눈에 띄지 않아요. 도깨비 방망이나 도깨비감투가 하나쯤 있다면 정말 좋을 것 같아요.

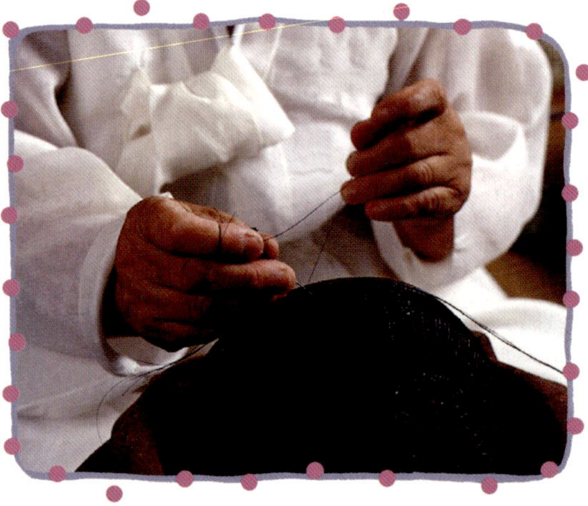

남자들이 머리에 썼던 감투와 감투를 만드는 모습이에요. 도깨비감투도 이렇게 생겼을까요?

도깨비불도 도깨비가 방망이로 요술을 부리는 건가요?

도깨비불은 요술이 아니에요. 도깨비는 밤을 좋아해서 한밤중에 '도깨비불'로 나타나요. 흐린 날이나 비가 부슬부슬 오는 날에도 도깨비불이 나타난다고 해요. 도깨비불은 푸른 불빛이 이리저리 날아다닌다고 해요. 푸른 불빛이 하나였다가 여러 개로 나뉘기도 하고 다시 하나의 불덩어리로 합쳐지기도 해요. 사람들의 왕래가 뜸한 고갯길이나 사람이 살지 않는 빈집 같은 곳에 도깨비불이 자주 나타나요. 날이 밝아 도깨비불이 나타났던 곳에 가보면 빗자루나 부지깽이, 가구, 늙은 나무나 동물의 뼈 같이 사람들이 쓰고 버린 오래된 물건들이 놓여 있다고 해요.

창경궁에 있는 옥천교에
새겨진 도깨비 얼굴이에요.
다리를 건너는 사람을 보호하려는
의도가 있답니다.

밤새도록 도깨비와 씨름한 이 서방

깊은 산골 마을에 이 서방이 살고 있었어요. 이 서방은 농사지을 땅이 없어서 남의 집 일을 도와주며 가난하게 살았어요. 하지만 힘든 내색 한번 안 하고 가족과 행복하게 살았지요. 하루는 그의 아내가 말했어요.

"여보, 곧 추석인데 장을 봐야 하지 않을까요?"

"장을 보려면 돈이 있어야 하는데 집에 돈이 없지 않소."

"그래도 조상님께 차례는 지내야지요. 아이들 옷도 한 벌씩 지어 주어야 하는데……."

"알겠소, 오늘은 산에 가서 나무라도 해 와야겠소. 내일 장에 가서 나무를 팔면 물건을 살 수 있을 테니……."

이 서방은 날이 밝자마자 열심히 나무를 했어요.

"여보, 다른 건 못 사오더라도 조상님께 차례 지낼 고기와 과일은 꼭 사오세요. 그리고 해가 지기 전에 얼른 돌아오세요."

아내는 문 밖까지 나와 이 서방에게 말했어요. 장이 서는 읍에 가려면 산속 고개를 여러 개 넘어야 했거든요. 그래서 이 서방은 부지런히 집을 나섰어요.

'장작을 팔면 얼마나 받을 수 있을까? 추석 때 쓸 고기와 과일은 살 수 있을까? 아이들 옷감 살 돈도 마련해야 하는데…….'

이 서방은 장에 가서 살 물건 생각을 하느라 장작을 지고 고개를 넘으면서도 힘들지 않았어요.

이 서방이 장에 도착했을 때는 벌써 한낮이 지나 있었어요. 지게를 세워 놓고 손님을 기다리느라 뱃속에서 꼬르륵꼬르륵 소리가 났어요. 장터 주막에서는 빈대떡 부치는 냄새가 고소하게 났어요.

'장작을 팔면 빈대떡을 사 먹어야지. 아이고, 배고파라.'

이 서방이 한참을 기다렸지만 손님이 나타나지 않았어요. 이 서방은 슬슬 걱정이 되기 시작했어요.

'이러다가 장작을 팔지 못하면 어떡하지? 차례에 쓸 고기와 과일도 사지 못하면 정말 큰일인데…….'

어느덧 시간이 흘러 문 닫을 시간이 되었고, 장사하던 사람들이 짐을 싸기 시작했어요.

"이보시오. 이 장작은 얼마요?"

처음으로 이 서방의 장작에 관심을 보이는 손님이 나타났어요.

"예, 열 냥입니다."

"열 냥이나요? 너무 비싸요. 좀 깎아 주시오."

"좋습니다. 여덟 냥만 내십시오. 아주 싸게 사시는 겁니다."

이 서방은 여덟 냥을 받고 장작을 팔았어요. 두 냥이 아깝기는 했지만 할 수 없었어요.

이 서방은 고기 파는 곳으로 가 고기를 산 뒤에 서둘러 과일을 파는 곳으로 달려갔어요. 과일이 몇 개 남지 않아 싸게 살 수 있었어요.

이 서방은 배가 고프다 못해 아팠어요. 얼른 주막에 가서 빈대떡 하나를 시켜 먹었어요. 빈대떡을 먹고 나니 해가 져서 어두워지기 시작했어요.

'서둘러야겠다. 고개를 여러 개 넘어야 하는데 가족들이 걱정하겠군.'

이 서방은 어두운 산길을 걷기 시작했어요. 주변은 너무 조용해 바람에 나뭇잎이 흔들리는 소리도 크게 들렸어요. 이 서방은 괜시리 '허험' 하고 기침을 하고는 장에서 산 고기와 과일을 꼭 쥐고 부지런히 걸었어요.

이제 한 고개만 넘으면 집에 도착할 수 있었어요. 그런데 고개 꼭대기에 왔을 때 즈음이었어요.

"이 서방!"

이 서방은 너무 놀라 돌부리에 걸려 넘어질 뻔했어요. 나무 아래에 빨간 빛 2개가 반짝였거든요. 자세히 보니 눈이 빨갛고 키가 큰 사람이 이 서방에게 걸어왔어요.

'이게 말로만 듣던 도깨비구나.'

이 서방은 겁이 나서 다리가 후들후들 떨렸어요.

"마침 심심했는데 잘됐네. 이 서방, 나랑 씨름 한 판 하세."

도깨비는 씨름을 좋아하기 때문에 밤에 도깨비를 만난 사람은 도깨비와 씨름을 해야 하지요.

"씨름? 이 밤중에 무슨 씨름을 하나?"

이 서방은 무서웠지만 아무렇지도 않은 듯 태연한 목소리로 말했어요.

"씨름을 해서 내가 이기면 그 고기를 줘."

"이 고기는 차례에 쓸 거라 줄 수 없네."

"그럼, 너는 이 고갤 넘어갈 수 없지."

이 서방은 씨름을 하지 않겠다고 버틸 수가 없었어요. 고기를 내놓거나 씨름을 하거나 결정을 해야 했어요.

"자네가 나랑 씨름하는 게 소원이라면 좋아. 씨름을 하지."

도깨비는 이 서방의 결정에 기분이 좋아졌어요. 한참을 웃더니 이 서방의 허리춤을 잡았어요.

'이놈의 도깨비를 어떻게 이기지?'

이 서방은 도깨비를 잡고 빙빙 돌기도 하고, 들어 올리려고 힘도 주었어요. 하지만 서로 힘이 비슷하니 쉽게 승부가 나지 않았어요.

'날이 밝을 때까지만 참으면 될 거야. 그런데 힘은 빠지고 도깨비는 끄떡도 하지 않으니…….'

어이쿠
이겼다!

해가 뜨면 도깨비는 힘을 쓰거나 돌아다닐 수 없었거든요. 이 서방은 날이 밝기를 기다리며 버텼어요.

'지면 고기를 주어야 하는데……. 어떡하지? 맞아, 할아버지께서 도깨비는 왼쪽으로 넘어뜨려야 한다고 하셨어.'

이 서방은 마지막으로 힘을 모았어요. 그러고는 '하나, 둘, 셋' 숫자를 세고는 왼쪽으로 도깨비를 힘껏 밀어 넘겼지요.

"아이쿠!"

도깨비는 '쿵' 소리를 내며 넘어졌어요.

이 서방은 얼른 칡덩굴로 넘어진 도깨비를 커다란 나무에 꽁꽁 묶었어요. 그리고 지친 몸을 이끌고 간신히 집으로 돌아와 마당에 쓰러졌어요.

가족들은 깜짝 놀라 이 서방을 방으로 옮겼어요.

"얘들아, 저 고개 위 큰 나무에 도깨비가 묶여 있을 거야. 내가 밤새 도깨비와 씨름을 해서 겨우 이겼지."

다음 날, 날이 밝자마자 아이들은 도깨비를 보려고 고개로 달려갔어요. 그런데 아무리 찾아도 도깨비는 없었고 나무에는 낡은 빗자루가 칡덩굴에 묶여 있을 뿐이었어요.

도깨비가 좋아하는 것과 싫어하는 것

도깨비는 우리 민족의 전통 놀이인 씨름을 좋아하는군요. 그럼 도깨비가 좋아하는 다른 것은 뭐가 있나요?

도깨비는 사람처럼 춤추고 노래하며 노는 것을 좋아한대요. 그래서 깊은 밤 산에서 길을 잃은 사람이 노랫소리를 따라가다 도깨비를 만났다는 옛이야기가 많아요. 또 예쁜 여자나 팥죽과 메밀묵, 고기 같은 음식을 좋아한다고 해요. 도깨비는 자기가 좋아하는 음식을 준 사람에게 은혜를 꼭 갚는대요.

도깨비가 싫어하는 것은 말의 머리와 피예요. 그중에서도 백마를 가장 싫어한다고 해요.

와, 어쩜 사람과 비슷한 행동을 할까요? 그럼 도깨비의 성격은 어떤가요?

팥죽에는
새알심 대신에 칼국수를
넣어 먹기도 해요.

도깨비 하면 험상궂은 얼굴에 머리에는 뿔, 동물 가죽 옷을 입은 모습이 생각나지요? 이런 모습은 우리나라의 도깨비의 모습이 아니라 일본의 오니예요. 오니는 도깨비와 비슷한 존재랍니다. 하지만 일본의 오니는 생김새만큼이나 성격도 포악해서 사람을 괴롭힌답니다. 우리나라의 도깨비는 성격이 온순하고 장난꾸러기예요. 사람을 도와주기도 하고, 어떤 때는 바보스러울 정도로 어리석어서 사람의 꾀에 속아 넘어가기도 해요. 때론 살짝 심술을 부려 사람을 골탕 먹이기도 하지만 사람에게 잘 속기도 하고요. 이처럼 우리나라의 도깨비는 생김새나 성격이 사람과 비슷하답니다.

일제 강점기에 일본은 우리나라 어린이들이 배우는 교과서에 오니 이야기를 실었어요. 그래서 일본의 오니가 마치 우리나라 도깨비인 것처럼 잘못 알려졌어요. 하지만 일본의 오니와 우리나라의 도깨비는 생김새부터 성격까지 다르다는 것을 알아야 해요.

세종대왕 능을
장식하고 있는 도깨비
무늬를 새긴 고석이예요.

도깨비와의 약속을 지킨 기운이

기운이는 어머니와 단둘이 살고 있었어요. 여름이 시작된 지 한 달이나 지났지만 기운이네 마을에는 비가 오지 않았어요. 개울물은 점점 말라 버렸고, 살랑살랑 헤엄치던 송사리 떼도 어디론가 숨어 버렸어요. 맑은 물이 솟던 우물에도 물이 조금밖에 남지 않았지요. 무엇보다 큰일은 논에 물이 하나도 없다는 거예요.

벼는 봄부터 가을까지 논에 물이 많아야 풍년이 되거든요.

"얘야, 좀 쉬어라. 하늘도 너무하시지, 이렇게 가물다가는 벼가 모두 말라 버릴 텐데."

"어머니, 너무 걱정하지 마세요. 꼭 비가 올 거예요. 비가 오지 않으면 제가 날마다 냇가에 가서 물을 길어 올게요."

"하지만 냇물도 곧 말라 버릴 거야. 냇물을 막아 물을 가둬 두면 얼마나 좋을까?"

어머니와 기운이는 냇가에서 물을 길어 오는 중이었어요. 마을 사람들은 하루종일 냇가에서 물을 길었어요. 기운이와 친구들도 서당에 가지 않고 어른들을 도왔지요. 하지만 냇가는 마을과 멀리 떨어져 있어서 사람들은 물을 조금밖에 길어 오지 못했어요. 사람들은 잠깐 서서 쉴 때마다 하늘을 보며 한숨을 쉬었지요.

밤이 깊어도 기운이는 잠을 잘 수 없어서 논두렁에 앉았어요. 내일도 비가 오지 않으면 어떡하나 걱정하면서 말이에요.

"아, 물만 얻을 수 있다면 무슨 일이라도 할 텐데!"

"물을 막아 줄 테니 팥죽을 끓여 줄래?"

기운이는 갑자기 들리는 목소리에 깜짝 놀라 돌아봤어요. 그곳에는 키가 큰 아저씨가 서 있었어요. 아저씨는 계속 말했어요.

"며칠 뒤면 비가 올 거야. 그럼 냇물과 개울에도 물이 많이 흐르지. 내일 밤 팥죽을 갖다 주면 물을 막아 둘 저수지를 만들어 줄게."

"저수지를 만들어 주신다면 팥죽쯤이야 얼마든지 드릴 수 있어요."

기운이는 한달음에 집으로 달려가 어머니께 말했어요.

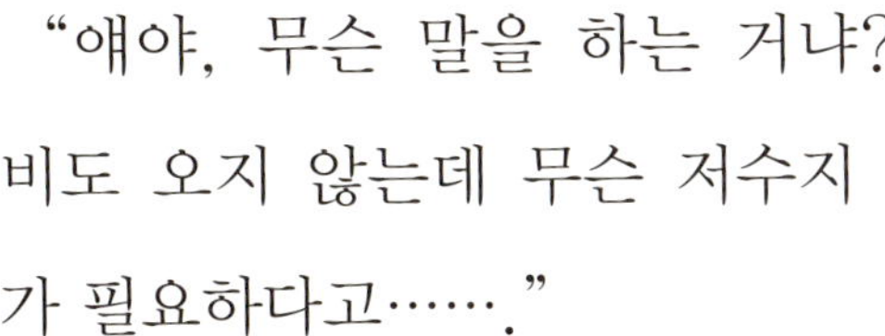

"얘야, 무슨 말을 하는 거냐? 비도 오지 않는데 무슨 저수지가 필요하다고……."

"아니에요. 비가 온다고 했어요. 저수지도 만들어 준다고 저랑 약속했는걸요."

어머니는 기운이 말을 믿으려 하지 않았어요. 다음 날이 되자마자 기운이는 마을 사람들에게 어젯밤에 있었던 일을 이야기했어요.

"기운아, 하늘에 구름 한 점 없잖니. 비를 기다리는 네 마음은 알지만 냇

가에 가서 물이라도 길어 오거라."

마을 사람들은 기운이를 믿어 주지 않았어요. 왜냐고요? 그건 기운이가 어린아이였기 때문이에요. 기운이는 실망해서 집으로 돌아갔어요.

"어머니, 제발 팥죽 한 솥만 쑤어 주세요. 저수지는 농사짓는 데 꼭 필요한 거잖아요."

어머니는 하는 수 없이 팥죽을 쑤기 시작했어요. 붉고 토실토실한 팥을 삶고 동글동글 새알심도 만들었어요.

마침내 날이 저물자 기운이는 팥죽을 들고 논으로 나갔어요.

'제발 팥죽을 맛있게 드시고 저수지를 만들어 주세요.'

기운이는 팥죽을 놓고 돌아오면서 마음속으로 빌었어요.

"야, 이 팥죽 좀 봐. 꼬마가 약속을 지켰나 봐."

어디선가 키가 크고 털이 많이 난 아저씨들이 나타났어요. 어젯밤 기운이가 만났던 아저씨도 있었고요. 아저씨들은 팥죽을 맛있게 먹었지요.

"맛있게 잘 먹었다. 팥죽을 먹었으니 약속대로 우리도 저수지를 만들어 주자."

"팥죽 한 그릇 먹고 저수지를 만들어 주면, 너무 잘해 주는 거

아니야?"

"약속은 지켜야 해. 예전에는 우리 도깨비와 사람들이 잘 지냈는데 서로 약속을 안 지키면서 지금은 떨어져 사는 거야."

도깨비들은 열심히 저수지를 만들기 시작했어요. 커다란 돌도

번쩍 들어 날랐어요.

드디어 날이 밝았어요. 눈을 뜨자마자 냇물로 달려간 기운이의 눈이 동그래졌어요. 개울에 돌로 쌓은 저수지가 만들어져 있었거든요. 동네 어른들도 저수지를 보며 한 마디씩했어요.

"하룻밤 사이에 저수지를 만든 사람이 누굴까요?"

"기운이 말이 맞았나 봐요. 어젯밤에 팥죽을 가져다 줬대요."

"혹시 도깨비가 아닐까? 도깨비는 팥죽을 좋아하고 힘도 세다고 하잖아."

마을 사람들은 개울에 돌을 쌓아 저수지를 만든 건 틀림없이 도깨비라고 했어요.

그리고 며칠 뒤에 정말로 비가 왔어요. 빗물은 시든 벼를 적셨어요. 개울에도 다시 물이 흘렀고요. 사람들은 너무 좋아서 덩실덩실 춤을 췄어요. 기운이도 어머니와 함께 비를 맞으며 춤을 췄지요.

어디서 나타났는지 송사리 떼도 저수지 안에서 신 나게 헤엄을 쳤어요. 개구리도 목청이 터지도록 노래를 불렀고요.

비가 그치고 해가 쨍쨍 내리쬐었어요. 하지만 사람들은 물 걱정을 하지 않았어요. 냇물을 막아 생긴 튼튼한 저수지 때문이지요. 비가 오지 않아도 저수지의 물을 아껴 쓰면 되었거든요.

"기운이가 벼를 살리고 우리 마을도 살렸구나!"

"네 말을 믿지 않았던 거 미안하다."

"아니에요. 전 도깨비와 약속을 지킨 것뿐인걸요."

마을 사람들은 도깨비가 고마웠어요. 그래서 도깨비를 위한 잔치를 열기로 했어요. 도깨비가 좋아하는 팥죽과 메밀묵을 만들어 저수지 옆에 갖다 두었지요.

"킁킁, 이게 무슨 냄새지?"

맛있는 음식 냄새에 도깨비들은 주위를 두리번거렸어요.

"우리가 좋아하는 팥죽과 메밀묵 냄새야."

도깨비들은 기뻐하며 음식을 맛있게 먹었어요. 그런데 저수지에 늦게 도착한 도깨비가 하나 있었어요. 먼저 온 도깨비들이 음식을 다 먹어 버리자 늦게 온 도깨비는 화가 났어요.

“나도 저수지를 쌓았는데, 내 음식은 조금도 남겨 두지 않다니…….”

“우린 네가 오지 않은 걸 몰랐어. 미안해.”

다른 도깨비들이 사과를 했지만 늦은 도깨비는 화를 풀지 않았어요.

“사람들이 음식을 많이 만들어 왔으면 내 것이 남았을 거잖아. 좋아, 내가 쌓은 저수지의 돌은 다시 뺄거야.”

화가 난 도깨비는 자기가 쌓은 돌을 빼갔어요. 그러자 저수지 한쪽이 조금 무너지고 물이 흘렀지요. 하지만 튼튼하게 쌓은 저수지는 끄떡 없었어요.

그 뒤로 기운이네 마을 사람들은 물 걱정을 하지 않았답니다. 사람들은 도깨비가 쌓아 준 저수지를 '도깨비 보'라고 불러요. 옛날 사람들은 저수지를 '보'라고 불렀거든요.

도깨비에 대한 조상들의 생각

우리 조상들은 도깨비를 이야기 속에 등장하는 인물로만 믿었던 건가요?

그렇지 않아요. 우리 조상들은 도깨비가 한 해 농사나 고기잡이에 영향을 미칠 만큼 큰 힘을 가지고 있다고 믿었어요. 풍년이 들려면 알맞은 때에 충분한 비가 와야 하지요. 그 해에 도깨비불이 많이 나타나면 비가 많아 와서 풍년이 든다고 믿었어요. 또, 도깨비가 농사에 꼭 필요한 저수지를 만들어주었다는 이야기도 있고요. 또 바닷가 마을에서는 '산망'이란 풍습이 있었어요. 산망은 달이 뜨지 않는 깜깜한 섣달 그믐날 밤에 산에 올라가 도깨비에게 제사를 지내요. 그러고는 도깨비불이 어디쯤 나타났는지 기다리는 거지요. 다음 날, 도깨비불이 나타났던 곳에 가면 고기를 많이 잡을 수 있었거든요.

진도 도깨비굿은
마을의 여성들이 중심이 되어
벌이는 액막이굿이에요.

조상들은 도깨비가 특별한 힘을 갖고 있다고 믿었나 봐요. 그래서 도깨비 굿도 했던 거군요.

그럼요. 조상들은 도깨비를 신이라고까지 믿었어요. 돌림병을 옮기는 신을 역신이라고 하는데 도깨비가 '역신'이라고 생각했지요. 도깨비가 심술을 부려서 돌림병이 돈다고 믿었거든요. 이웃 마을에 돌림병이 돌면 역신 도깨비가 마을에 들어오는 것을 막기 위해 도깨비 굿을 했어요. 도깨비가 불의 모양을 하고 자주 나타나기 때문에 화재신으로도 생각했어요. 화재를 막기 위해서 도깨비 굿을 하곤 했지요.

조상님들이 도깨비를 특별한 힘을 가진 신으로 믿었다니 이상해요. 하지만 과학 기술이나 문명이 발달하기 전에 좋은 일만 일어나기를 바라는 간절한 마음에서 시작된 믿음이니까 소중한 전통이라고 생각해야겠지요.

제주영감놀이

제주도에서는 도깨비를 '영감'이라고불러요. 나쁜 도깨비가 여자 몸에 들어가면서 병이 난다고 믿고 도깨비를 쫓아내는 영감놀이를 했어요.

체로 야광귀를 물리친 인수

"아주머니, 큰일났어요!"

옆집 순이가 인수네 마당으로 뛰어들어 왔어요. 점심을 먹고 있던 인수 어머니와 인수는 깜짝 놀랐어요.

"무슨 일인데 그렇게 호들갑을 떠니?"

어머니가 순이에게 물었어요.

"인수 친구 진승이, 그 애가 귀신한테 잡혀갔대요."

"뭐? 너 어디서 그런 얘길 들었니?"

"금방 빨래터에서요. 어젯밤에 멀쩡하게 자던 애가 벌떡 일어나더니 집을 나가더래요. 어찌나 빠른지 쫓아가지도 못 했는데, 오늘 아침 산속에 쓰러져 있었대요."

인수는 눈이 동그래져서 순이에게 물었어요.

"그게 정말이야?"

"그렇다니까. 인수 너도 조심해. 너 같은 장난꾸러기는 귀신이 제일 먼저 잡아갈 테니……."

인수는 한달음에 진승이네 집으로 달려갔어요. 진승이네 집 앞에는 마을 사람들이 많았어요. 사람들은 모여서 수군거렸어요.

"의원이 다녀갔다면서요?"

"다녀가면 뭘 해요. 진승이는 아직 깨어나지도 못 했는데……."

"도대체 귀신이 어떻게 잡아가는 거래요?"

"잡아가는 게 아니래요. 아이들이 귀신을 보고 따라가는 거래요. 귀신은 자기가 점찍은 아이한테만 보이고요."

마을 사람들은 온종일 모여서 진승이 이야기만 했어요. 그러는 동안 해가 지고 어두워졌어요. 하루 종일 여기저기 뛰어다닌 인수는 피곤해서 일찍 잠이 들었어요. 하지만 마당에서 아버지와 어머니의 이야기 소리에 잠이 깼지요.

"여보, 내 다녀오리다."

"아직 날이 밝지 않았으니 조심하세요. 애를 빨리 찾으면 좋으련만……"

인수는 방문을 열고 아버지가 어디에 가는지 물었어요. 어머니는 걱정스런 얼굴로 인수를 바라보며 말했지요.

"칠성이가 없어졌다는구나! 너도 짚신 조심해라. 진승이도 칠성이도 짚신을 잃어버리고 나서 귀신한테 잡혀갔단다."

인수는 얼른 자기 짚신을 찾아 보았어요. 다행히 짚신은 섬돌 위에 잘 놓여 있었어요.

마을 어른들은 점심때쯤 칠성이를 찾았어요. 칠성이는 계속 이상한 말을 중얼거리며 온몸이 불덩이처럼 뜨거웠어요. 칠성이 엄마는 무당을 불렀어요. 무당은 울긋불긋한 옷을 입고 펄쩍펄쩍 뛰며 춤을 추었어요. 칠성이 어머니는 두 손을 비비며 자꾸 절을 했어요.

마을 어른들은 굿을 해도 소용이 없을까 봐 걱정했어요.

서당에 모인 아이들도 모이면 귀신 이야기만 했어요.

"정말일까? 신을 잃어버리면 귀신이 잡아 간다는 게?"

"그렇다잖아."

아이들은 겁에 질려 자기 짚신을 모두 끌어안았어요. 그러고는 공부도 하는 둥 마는 둥 하다가 집으로 돌아갔어요.

인수는 집으로 돌아왔지만 안심이 되지 않았어요. 내일이 설이지만 조금도 설레거나 기쁘지 않았어요. 아버지는 인수를 부르더니 주의를 주기 시작했어요.

"애야, 칠성이랑 진승이 모두 신발이 없어진 뒤로 아픈 거 알고 있지? 내일이 설날이니 오늘밤엔 특히 조심해야 해."

"왜요?"

"오늘밤은 야광귀란 놈이 나타나거든. 밤새 마을을 돌아다니

다가 자기 발에 맞는 신발을 신고 가버리는데, 신발을 뺏기면 큰일 난다는구나!"

밤이 되자 인수는 짚신을 꼭 껴안고 잠을 자지 않으려고 눈을 비볐어요. 잠이 들면 귀신이 짚신을 빼앗아 갈 것 같았거든요. 하지만 자꾸 눈이 감겼어요.

"어, 내 짚신. 짚신이 어디갔지? 내 짚신!"

인수는 '엉엉' 소리 내어 울었어요. 울음소리에 놀라 아버지와 어머니가 달려왔어요. 인수가 짚신이 없어졌다며 울자 어머니가 옆에 놓인 짚신을 가리켰어요. 인수가 깜빡 잠이 드는 바람에 짚신을 그만 손에서 놓아 버린 모양이에요.

인수는 안심했어요. 그러고는 잠이 들지 않으려고 눈을 부릅떴어요. 하지만 얼마 지나지 않아 다시 잠들었어요.

"인수야, 날 알아보겠느냐? 네 할아버지다. 오늘 밤 방문 앞에 체를 걸어 두거라. 그럼 귀신이 체 구멍을 세다 날이 밝아 버려서 널 잡아가지 못할 거다. 꼭 체를 걸어야 한다."

인수는 벌떡 일어났어요. 꿈을 꾸었던 거지요. 인수는 아버지에게 꿈 이야기를 했어요.

"그럼 그렇게 해보자. 밤새 잠을 안 잘 순 없으니까."

"여보, 그래도 어떻게 꿈만 믿고……."

엄마는 걱정스러운 얼굴로 말했어요. 하지만 아버지는 엄마와 인수를 다독이며 말했어요.

"인수는 삼대독자 외아들이야. 조상님들이 도와주실 거야."

아버지가 광에서 체를 가져왔어요. 체는 곱게 빻아진 가루를 골라 낼 때 쓰는 도구랍니다. 아버지는 인수의 방문 앞에 체를 못으로 박아 두었어요. 인수와 부모님은 서로 손을 꼭 잡고 잠이 들었어요.

밤이 깊어지자 갑자기 문 밖에서 웅얼거리는 소리가 들렸어요.

"응, 이게 뭐야? 웬 구멍이 이렇게 많지?"

드디어 야광귀가 나타난 모양이에요.

"구멍이 도대체 몇 개나 되는 거야? 하나, 둘, 셋, 넷 ……, 이백사십오, 이백사십육……."

문 밖에서 야광귀의 체 구멍 세는 소리가 들렸어요.

"응? 어디까지 세었더라? 에잇, 다시 세야겠다. 하나, 둘, 셋, 넷……."

야광귀는 처음부터 다시 세기 시작했지만 얼마 못 가 금세 잊어버렸지요. 야광귀는 자꾸만 세다 잊어버리고 다시 세기를 반복했어요. 시간가는 줄도 모르고 말이에요.

꼬끼오
무서워~

"꼬기오."

드디어 닭 울음소리가 들리고 날이 밝기 시작했어요.

"에잇, 날이 밝았잖아. 오늘은 그냥 가야겠어. 다음에는 꼭 다 세고 말 테다."

밖에는 어느새 동이 트고 있었지요. 인수는 방문을 활짝 열었어요. 인수의 신발도 그대로였지요. 인수는 한달음에 할아버지 산소로 날려갔어요. 그러고는 큰절을 했지요.

"할아버지, 감사합니다."

이때부터 설날 밤에는 야광귀를 쫓기 위해 체를 걸어두는 풍습이 생겼어요.

그런데 진승이와 칠성이는 신발이 없어져서 아팠던 걸까요?

설날 밤에 신발을 잃어버리면 그 신발을 야광귀가 신고 갔을 까요?

그렇지 않아요. 옛날엔 신발 하나라도 무척 귀했지요. 그러니 신발을 잃어버리지 않기 위해 생긴 풍습일 거예요.

이 이야기는 야광 귀신에 대한 이야기를 조금 꾸며본 거예요. 야광 귀신은 설날 전날 밤에 마을로 내려와 이 집 저 집 돌아다니며 신발을 신어 보고, 맞으면 신고 가버린대요.

그래서 사람들은 방문 앞에 체를 걸어두었어요. 그러면 귀신은 밤새도록 체 구멍의 개수를 세고 또 세었어요. 하지만 날이 밝을 때까지 다 셀 수가 없었고 귀신은 아쉬워하며 그냥 돌아갔지요.

백두 낭자・한라 도령과 함께 우리 풍습 더 알아가기

조상을 만나는 날

돌아가신 할아버지가 인수의 목숨을 살려주셨네요. 인수가 돌아가신 할아버지를 만난 것처럼 조상들을 만나는 날이 있다면서요?

처녀 귀신, 몽달 귀신, 총각 귀신, 달걀 귀신처럼 귀신들은 죽은 사람이 변해서 나타나는 거예요. 마음에 큰 원한을 갖고 죽은 사람은 귀신이 되어서 살아 있는 사람들을 괴롭힌다고 우리 조상들은 믿었거든요. 그러니까 귀신은 사람에게 나쁜 짓을 저지르지요. 반대로 사람에게 도움을 주면 신이라고 불러요. 우리나라에서는 예로부터 돌아가신 조상들이 신이 되어서 자손들을 보살핀다고 믿었어요. 인수 할아버지는 손자의 목숨을 구해주셨으니 귀신이 아니라 '조상신'이라고 불러야겠지요.

제사상

돌아가신 조상님들이 조상신이 되어 자손을 돌봐주시는 거군요. 그럼 돌아가신 조상신을 만나려면 인수처럼 꿈을 꾸어야 하나요?

그렇지 않아요. 일 년에 한 번 돌아가신 날 제사를 지내는데, 제사는 돌아가신 조상님들을 기억하고 감사하기 위해 지내는 날이지요. 집 안팎을 깨끗이 청소하고, 몸과 마음을 정갈히 한 뒤에 음식을 준비해서 조상님들께 대접해요. 명절 아침에 지내는 차례나 직접 산소에 가서 지내는 성묘도 돌아가신 조상님들을 기억하고 감사의 마음을 전하는 행사랍니다.

제사나 차례, 성묘는 마음을 전하는 행사지만 형식이 있어요. 누가 어떻게 어떤 순서에 맞춰 행사를 진행하는지 정해져 있지요. 너무 지나치지 않는 형식을 지키는 것이 좋답니다. 제사나 차례, 성묘는 우리가 지켜내야 할 소중한 전통이에요.

성묘

귀신에게 발목 잡힌 김 부자

"쉰밥이라도 좋으니 밥 한술만 주세요."

거지는 바가지를 들고 마을 이곳저곳 동냥을 다녔어요.

"우리도 먹을 것이 없어서 풀뿌리를 캐 먹고 있어요."

계속된 흉년으로 너나없이 먹을 것이 없어 배를 곯았어요. 거지가 된 사람들도 늘어 먹을 것 구하기가 더 힘들었어요. 죽는 사람들도 생겼지요. 하지만 이 와중에도 김 부자 집은 먹을 것이 많았어요.

김 부자는 해가 뜨기 전에 아침밥을 먹고, 저녁밥은 해가 지고 캄캄해져야만 먹었어요. 자기 집에 먹을 것이 많다는 소문이 날까 봐 겁이 났거든요. 만약 이 소문이 나면 거지들이 몰려올 테니까요.

그러던 어느 날, 김 부자 집에 스님이 찾아왔어요.

"부처님을 모시는 사람입니다. 무엇이든 좋으니 시주 좀 해주십시오."

"아이고, 스님. 저희 주인은 쌀 한 톨도 시주하실 분이 아닙니다. 그러니 그냥 가시지요."

마당을 쓸던 하인은 스님에게 그냥 가라고 했어요. 김 부자가 얼마나 욕심이 많은지 알고 있었기 때문이지요. 마침 그때 밖에 나갔던 김 부자가 돌아와 의심스러운 눈빛으로 스님을 봤어요.

"아니, 왜 남의 집 앞에 서 있는 거요?"

"흉년이 들어 절에 먹을 것이 떨어졌습니다. 이 집엔 먹을 것이 많다고 들었으니 조금만 나눠 주십시오."

"누가 그런 헛소리를 합니까? 우리도 굶고 있소. 그러니 다른 집에나 가보시오."

스님이 거듭 시주를 부탁하자 김 부자는 물 한 바가지를 가져와서 스님에게 부었어요.

"우리 집에는 물밖에 없으니 물벼락을 더 맞기 전에 썩 물러가시오."

이렇게 김 부자 집에 동냥 왔던 사람들은 물벼락만 맞기 일쑤였지요.

추운 겨울이 지나고 다시 봄이 왔어요. 사람들은 논을 갈고 모내기

를 했어요. 좋은 날씨가 계속되었고, 벼는 쑥쑥 자랐어요. 시간이 흘러 가을이 되자 논에 벼가 가득했어요.

김 부자는 아침 일찍 길을 나섰어요.

'오늘은 산 너머 마을에 잔치가 있지. 거기 가서 배부르게 먹고 와야겠다.'

김 부자는 남들보다 많이 먹고 싶어서 전날 밤부터 굶었지요. 잔칫집에 도착하자마자 김 부자는 고기랑 떡, 과일을 배불리 먹었어요. 그것도 모자라 보따리 가득 음식을 담았지요.

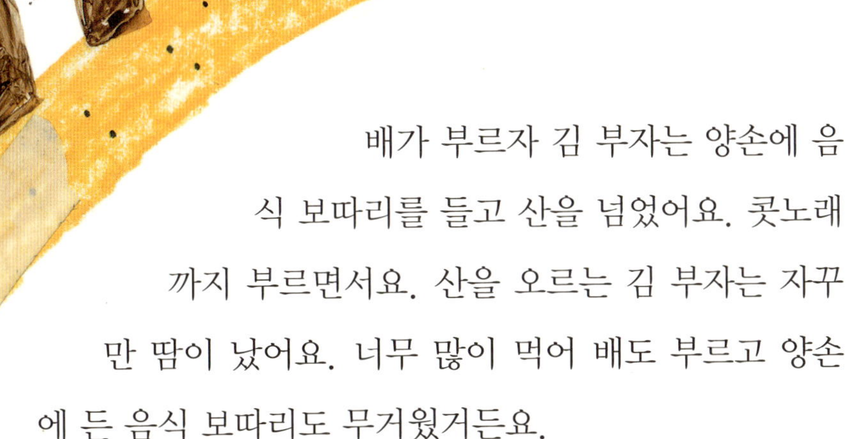

배가 부르자 김 부자는 양손에 음식 보따리를 들고 산을 넘었어요. 콧노래까지 부르면서요. 산을 오르는 김 부자는 자꾸만 땀이 났어요. 너무 많이 먹어 배도 부르고 양손에 든 음식 보따리도 무거웠거든요.

김 부자는 고개에 앉아 잠시 쉬었어요. 고개에서 내려다보니 황금빛 들판이 펼쳐져 있었어요.

'저 밑에 보이는 논이 다 내 땅이지. 올해에는 농사가 잘됐으니 쌀이 몇 가마니나 될까? 천 가마니? 아니, 만 가마니는 될 거야. 신 난다, 신 나.'

추수할 생각을 하자 김 부자는 덩실덩실 춤이라도 추고 싶었

어요.

'내가 이러고 있을 때가 아니지. 어서 집에 가서 이 음식을 또 먹어야겠어.'

김 부자는 음식 보따리를 들고 발걸음을 옮기려 했어요. 그런데 이게 웬일일까요? 바닥에서 발이 떨어지지 않는 거예요.

'아니, 멀쩡했던 발이 왜 이러지?'

김 부자는 오른발을 들어 올리려고 힘을 주었지만 발이 꼼짝도 않았어요. 이번에는 왼발에 힘을 주었어요. 하지만 왼발도 땅에 붙어 버린 것처럼 움직이지 않았어요.

김 부자는 땅바닥에 주저앉았어요. 손으로 자기 발을 잡고 땅에서 떼어 내려고 힘을 주었어요. 얼마나 힘을 주었던지 땀이 뚝뚝 떨어졌어요.

하지만 발은 여전히 땅에서 떨어지지 않았어요. 이번에는 신발을 벗으려고 했지만 발만 더 아팠지요.

"아이고, 사람 살려! 사람 살려!"

김 부자는 아이처럼 엉엉 소리내며 울었어요.

"아니, 김 부자 어른이 아니십니까? 여기서 왜 울고 계십니까?"

김 부자는 고개를 번쩍 들었어요.

"아이고, 스님, 저 좀 살려 주세요. 발이 땅에서 떨어지지 않아요."

"발이 땅에서 떨어지지가 않는다고요?"

스님은 김 부자의 말을 믿지 않았어요.

스님 앞에서 김 부자가 걸어 보려고 애썼지만 발은 여전히 꼼

짝도 하지 않았어요.

"허허, 그것 참 이상한 일이네요."

"스님, 이걸 어쩌면 좋지요? 저 좀 도와주세요."

"작년에 제가 댁에 갔을 때는 물 한 바가지를 시주하시더니 이제는 제게 도와달라고 하십니까?"

스님의 말에 김 부자는 머리를 조아리며 사과했어요. 그 모습에 스님은 김 부자의 발을 힘껏 잡아당겼어요. 하지만 아무 소용이 없었어요.

스님,
제발 도와주세요.
그때는 제가
잘못했습니다.

김 부자의 발만 더욱 아플 뿐이었지요.

"스님, 쌀이든 돈이든 얼마든지 시주하겠으니 저 좀 살려주세요."

김 부자는 거의 울다시피 했어요. 스님도 김 부자가 안쓰러울 지경이었지요.

"발이 땅에 붙어 버렸다면 반드시 무슨 이유가 있을 텐데……. 그런데 이 보따리 속에는 뭐가 들어 있습니까?"

스님이 김 부자 옆에 있는 보따리를 가르키며 물었어요.

"음식이 들어 있어요."

스님은 곰곰이 무언가를 생각하다가 음식 보따리를 풀며 소리쳤어요.

"배고픈 귀신들아, 이걸 먹고 김 부자의 발을 놓아라! 어서 음식을 땅에 던지십시오."

김 부자가 깜짝 놀라 스님을 바라보며 물었어요.

"음식을 던지라구요? 고수레를 하라는 겁니까?"

스님은 고개를 끄덕였어요. 김 부자는 지푸라기라도 잡는 심정으로 음식을 조금씩 떼어 던지며 외쳤어요.

"고수레! 고수레!"

스님도 옆에서 함께 소리를 질렀어요.

"배고픈 귀신들아, 음식이다. 받아먹어라. 자, 이제 걸어 보십시오."

김 부자는 스님의 말에 조심스레 발을 들었어요. 그러자 발이 땅에서 떨어지는 거예요. 김 부자는 너무 기뻐 펄쩍펄쩍 뛰었어요. 그러고는 스님에게 큰절을 했어요.

스님은 김 부자에게 앞으로는 배고픈 귀신뿐만 아니라 주위의 불쌍한 사람도 잘 도와주라고 말했어요. 그 뒤로 김 부자는 주변 사람에게 덕을 베풀며 살았답니다.

김 부자가 작년에 동냥 왔던 사람들에게 물 한 바가지씩을 끼얹어 쫓아낸 일을 귀신들은 알고 있었어요. 게다가 오늘도 음식 보따리를 들고 있으면서 나눠 먹을 생각을 하지 않자 화가 났어요. 이런 이유로 배고픈 귀신들이 김 부자의 발을 잡고 심술을 부렸던 거예요.

이렇듯 우리 조상들은 귀신들이 배가 고프면 사람한테 나쁜 짓을 한다고 생각했어요. 그래서 먹을 것이 생기면 고수레를 해서 귀신들이 심술을 부리지 않도록 달래 주었답니다.

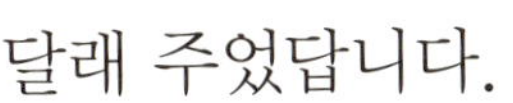

백두 낭자・한라 도령과 함께 우리 풍습 더 알아가기

귀신과 나눠 먹는 밥

스님, 고수레를 하면 땅에 던진 음식을 진짜 귀신이 와서 먹을까요?

"지신의 보살핌으로 농사를 지어 음식을 얻었습니다. 지신께 먼저 이 음식을 드리니 내년에도 농사가 잘 되도록 도와주십시오." 이것이 고수레를 하던 조상들의 마음이에요. 곡식이 자라는 땅을 다스리는 신을 지신이라고 하거든요. 고수레에는 감사의 마음과 다음 해의 풍년을 기원하는 마음이 담겨져 있어요.

고수레를 하는 또 다른 이유도 있어요. 귀신은 배가 고프면 사람에게 해를 입히거든요. 그래서 배 고픈 귀신에게 먹을 것을 줘서 사람에게 해를 끼치지 않게 고수레를 했지요.

조선 시대 사직단에서는 2월과 8월, 섣달 그믐에 지신과 곡식의 신에게 나라에서 제사를 지냈어요.

그렇군요. 우리 조상들은 음식을 지신이나 귀신에게도 나눠 주었군요.

귀신에게 밥을 주는 것 중에 물밥이라는 것도 있어요. 제사가 끝나면 밥과 물을 대문 밖에 놓았어요. 제사상을 차려줄 사람이 없어서 굶은 귀신들이 와서 물밥을 먹는다고 생각했거든요. 죽은 사람을 저승으로 데려가는 저승사자에게도 밥상을 차려 주었어요. 저승사자를 배불리 잘 먹여야 죽은 사람을 저승으로 잘 인도한다고 믿었지요. 제사를 지내고 남은 음식은 비빔밥을 해서 나눠 먹었어요. 조상님이 드신 음식을 같이 나눠 먹으면 복을 받는다고 생각했지요. 이런 음식을 헛제삿밥이라고 불렀어요.

제사나 차례, 성묘, 굿 같이 귀신이 관계된 행사에는 음식이 등장해요. 귀신은 사람처럼 입으로 음식을 먹지는 않지만 사람만큼 음식을 좋아한다고 믿었거든요. 고장마다 집안마다 조금씩 다르지만 음식을 차리는 규칙이 정해져 있답니다.

헛제삿밥

굿상

말하는 나무 덕분에 큰돈 번 김 서방

"김 서방, 이른 아침부터 어디 가나?"

김 서방이 아침부터 외출을 하자 같은 마을에 사는 친구가 물었어요.

"한양에 사는 동생이 한 번 올라오라고 해서 한양에 가는 중이네. 난생 처음 가는 여행이라 걱정이야."

"거 참 좋겠구먼. 한양 사람들은 모두 깍쟁이라던데 조심히 다녀오게."

김 서방은 친구와 인사를 하고 바삐 걸어갔어요. 계속 시골에만 살다 여행을 처음 하는 김 서방은 보는 것마다 신기했어요. 길동무를 만나 함께 걷기도 했지만 혼자 걷는 날이 더 많았지요.

하루는 김 서방이 산 하나를 넘게 되었는데 산속이라 그런지 해가 빨리 졌어요. 김 서방은 왠지 무서워져서 푸드덕거리는 새 소리, 바람에 흔들거리는 나뭇잎 소리에도 놀랐지요.

'아이고, 다리야.'

급하게 걷던 김 서방은 다리가 아파 주위를 두리번거렸어요. 사람이 사는 집은 보이지 않았고 커다란 상수리나무 하나가 있었지요.

'우와! 상수리나무가 정말 크군. 이렇게 큰 나무는 처음 보는

데…….'

나무가 어찌나 큰지 두팔로 안을 수가 없었어요. 김 서방은 나무 주위를 빙빙 돌면서 구경했지요. 그러다가 나무에 있는 구멍 하나를 발견했어요. 어른 한 사람이 들어갈 수 있을 만큼 큰 구멍이었어요.

'옳지, 잘 됐다. 오늘 밤은 여기서 자고 가야지. 나무 구멍에서 잠을 자게 되다니…….'

김 서방은 상수리나무 구멍 안으로 기어 들어갔어요. 구멍 속은 편안하고 아늑했어요. 김 서방이 막 잠이 들려고 할 때, 어디선가 소리가 들렸어요.

"여보게, 상수리나무! 그동안 잘 있었나?"

"아이고, 위뜰 버드나무 할아버지 아니십니까? 무슨 일로 여기까지 오셨어요?"

김 서방은 깜짝 놀랐어요. 말을 하는 것은 버드나무와 상수리나무였어요.

"저 아랫마을 황 부자 집에 볼일이 있어 가는 길이라네."

상수리나무는 고개를 갸웃거리며 물었어요.

"황 부자 집에 무슨 일이 있습니까?"

"자네는 모르나 보군. 황 부자네 대문 옆에 커다란 버드나무가 있었던 건 알지? 그런데 며칠 전에 황 부자가 그 버드나무를 베어 버렸다네."

버드나무는 화가 나서 가지를 부르르 떨었어요.

"아니, 400년이나 된 버드나무를 베어 버리다니요?"

"대문을 크게 만들려고 그랬다는구먼. 그 버드나무는 그 집이 지어지기 전부터 거기 있던 나무였는데 말이야."

"저런! 그런데 그 버드나무가 할아버지 손자쯤 되지요?"

"그렇다네. 그래서 내가 지금 황 부자를 혼내 주러 가는 길이야. 황 부자 집에 있는 외동딸을 잠들게 할 생각이야. 죽은 버드나무를 위해 제사를 지내기 전에는 그 딸이 절대로 깨어나지 않을거야. 자네도 함께 가려나?"

버드나무의 말에 상수리나무는 고개를 끄덕였어요.

"할아버지, 죄송합니다. 오늘은 손님이 있어서 갈 수가 없습니다."

"그럼 할 수 없지. 잘 있게나."

김 서방은 구멍 안에서 나무가 하는 이야기를 다 들었어요. 그리고 날이 밝자마자 아랫마을로 내려갔어요.

황 부자 집은 멀리서도 한눈에 알아볼 수 있었어요. 마을 가운데에 있는 큰 기와집이었거든요.

김 서방은 한달음에 달려가 대문을 두드렸어요.

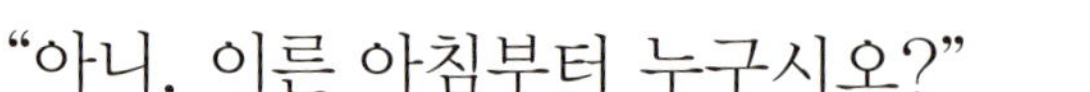

"아니, 이른 아침부터 누구시오?"

"나는 김 서방이란 사람이오. 황 부자 어른을 만나러 왔소."

김 서방의 말에 하인은 문도 열지 않고 말했어요.

"우리 나리는 아무나 만나는 분이 아니시오."

"좋소. 그럼 황 부자 어른한테 딸이 괜찮냐고 좀 물어 보시오."

하인은 황 부자에게 김 서방의 말을 전했어요. 이야기를 들은 황 부자는 큰소리를 쳤어요.

"뭐라고? 별 이상한 놈이 다 있구나! 멀쩡하게 자고 있는 내 딸이 괜찮냐고 물어보다니……."

황부자는 기분이 상했지만 왠지 걱정이 되어서 딸 방으로 갔어요. 딸은 두 눈을 꼭 감고 새근새근 자고 있었어요.

"얘야, 그만 일어나거라. 아침 해가 높이 떴단다."

황 부자가 딸을 흔들었지만 딸은 꼼짝도 않고 누워 있기만 했어요. 황 부자가 아무리 흔들어도 눈을 뜨지 않았지요.

황 부자는 급히 의원을 불렀어요. 하지만 딸을 진찰한 의원은 고개를 갸웃거리며 말했어요.

"따님이 죽은 것은 아닙니다. 잠을 자고 있는 것 같은데 깨질 않는군요. 저도 이런 병은 처음이라……."

황 부자는 도무지 의원의 말이 이해되지 않았어요.

"의원님, 약이라도 지어 주세요. 제 딸만 살려 주시면 뭐든지 하겠습니다."

의원은 방법이 없다며 고개를 흔들며 돌아갔어요. 그제야 황 부자가 김 서방에게 달려왔어요. 김 서방은 어젯밤 나무에게 들은 얘기를 해 주고 제사를 지내라고 했어요.

"제사를 지낸 후에 내가 다시 가서 나무 얘기를 들어 보겠소."

황 부자는 정성스럽게 제사를 지냈고, 김 서방은 어젯밤 그 나무 구멍 속으로 다시 들어갔어요. 해가 지고 밤이 깊자 버드나무가 나타났어요.

"버드나무 할아버지, 오늘은 또 어딜 가십니까?"

"오늘도 황 부자 집에 가네. 황 부자가 오늘 제사를 지내줬어. 나무를 벤 건 괘씸하지만 용서해 주려고."

"예, 그것 참 잘됐네요. 저는 오늘도 손님이 있어 같이 못 가겠습니다."

"괜찮네. 그럼, 잘 있게나."

나무들의 이야기를 듣고서 김 서방은 상수리나무 구멍에서 편히 잘 수 있었어요.

그리고 날이 밝자마자 황 부자의 집에 갔어요. 황 부자는 버선발로 뛰어나와 김 서방을 반겼어요.

"고맙습니다. 딸을 살려 주신 은혜를 어떻게 갚아야 할지……."

황 부자는 김 서방에게 자꾸만 머리를 숙였어요.

"앞으로는 작은 나무라도 함부로 베지 마세요. 나무에도 생명이 있는 법이니까요."

황 부자는 고개를 끄덕이며 약속했어요. 그리고 딸을 깨워준 보답으로 큰돈과 선물을 김 서방에게 주었어요. 그러고는 위뜰 버드나무에게도 노여움을 풀라는 제사를 지내기로 했어요.

버드나무 앞에 커다란 상이 놓였어요. 시루떡과 과일, 마른 생선이 차려졌어요. 황 부자가 술을 따르고 절을 한 뒤, 제문을 읽었어요. 제문은 제사를 지낼 때 읽는 글이지요. 제문은 황 부자가 잘못을 뉘우친다는 내용이었어요.

"버드나무에게 제사를 지냈으니 좋은 일이 많이 생길 겁니다."

김 서방은 황 부자에게 인사를 하고 한양의 동생 집을 향해 길을 떠났어요.

백두 낭자 · 한라 도령과 함께 우리 풍습 더 알아가기

신비한 힘을 가진 자연

와! 나무가 말을 하다니! 옛사람들은 나무에도 신비한 힘이 있다고 믿었나요?

옛날에는 마을 어귀마다 오래된 큰 나무들이 서 있었어요. 이런 나무들은 당산나무라고 하는데 마을을 지켜주는 수호신이에요. 당산나무에는 울긋불긋 여러 가지 색의 천을 두르거나 금줄을 쳐서 사람들이 함부로 만지지 못하게 했어요. 당산나무가 마을을 지켜주고 사람들의 소원을 들어준다고 믿었기 때문에 소중히 보살폈거든요. 우리 조상들은 당산나무뿐만 아니라 크고 오래된 나무들을 신령한 힘이 있다고 생각하고 소중히 다루었어요.

당산나무

조상들은 나무도 신이 될 수 있다고 믿었군요. 당산나무 말고 또 어떤 신이 있다고 믿었나요?

먼저 하늘의 신, 천신이 있다고 믿었어요. 단군 신화에도 하늘의 신인 환인이 등장해요. 우리나라뿐 아니라 다른 나라의 건국 신화에도 천신이 자주 등장하지요. 천신은 세상을 만들거나 나라를 세우기도 하고 없애버리기도 하는 어마어마한 힘을 가진 신이지요. 그래서 나라에서도 하늘의 신에게 천신제를 지냈답니다.

사람의 몸을 의지하고 살아가는 땅의 신, 지신도 있어요. 우리 조상들은 땅에 농사를 지어 먹을 것을 얻었기 때문에 지신을 중요하게 생각했거든요. 지신을 잘 모셔야 농사를 잘 지을 수 있다고 믿었어요.

마지막으로 큰 산에 사는 산신이 있지요. 산신은 그 산을 지키고 그 산이 이어지는 마을들을 지켜준다고 믿었어요.

옛날에는 마을 사람들이 모두 모여 동제를 지냈어요. 동제는 마을을 지켜준다고 믿는 모든 신에게 마을과 사람들을 지켜달라는 제사였어요.

태백산 천제단에서 천신제를 지내는 모습이에요.

은혜를 갚은 장승

아주 먼 옛날 사람들이 많이 살지 않던 때, 장승이라는 마음씨 착한 사람이 살고 있었어요. 장승은 사람들보다 키가 두 배는 크고 훨씬 무거웠지요. 장승이 걸을 때면 땅이 흔들리고 목소리도 얼마나 큰지 말을 하면 사람들은 귀를 막아야 했어요.

이런 이유로 장승은 사람들과 멀리 떨어져 살아야만 했고 항상 외로웠어요. 낮에 혼자 놀다가 밤이 되면 혼자 잠을 자야 했지요. 병이 나도 도와 줄 사람 하나 없었고요.

장승은 외로움보다 더 싫은 게 있었는데 바로 배고픔이었어요. 장승은 몸집이 커서 많이 먹어야 했거든요. 하루에 쌀 한 가마니를 먹어도 금방 배가 고팠어요.

처음에는 사람들이 먹을 것을 주었어요. 하지만 장승이 너무 많이 먹자 사람들 먹을 것이 모자라기 시작했어요. 사람들은 점점 장승에게 먹을 것을 주지 않게 되었어요.

장승은 강물을 꿀꺽꿀꺽 마셨어요. 산속에 사는 큰 멧돼지도

잡아먹었어요. 그래도 여전히 배가 고팠어요. 장승은 강가에 누웠어요. 배가 고파 움직일 수도 없었거든요.

"장승님, 여기서 무얼 하세요?"

강에 물을 마시러 왔던 작은 새 한 마리가 장승에게 물었어요.

"배가 고파서 이렇게 누워 있단다."

"그럼 마을에 가 보세요. 거긴 먹을 것이 많을 거예요."

"아니야. 내가 너무 많이 먹어서 사람들 먹을 것이 모자라."

"그럼, 남쪽으로 가 보세요. 남쪽에는 넓은 들판 가득 곡식이 자라거든요."

새의 말을 들은 장승은 한참을 곰곰이 생각했어요.

'맞아, 여기는 산이 많고 농사지을 땅이 적어서 사람들 먹을 곡식도 모자라지. 계속 여기 있다간 굶어 죽을 지도 몰라.'

장승은 남쪽을 향해 걸었어요. 며칠 밤낮을 쉬지 않고 걸어가니 들판이 보였어요. 들판은 끝이 보이지 않을 만큼 넓었어요. 들판 가운데에는 맑은 강물도 흘렀어요.

장승은 사람들이 사는 마을을 찾아갔어요. 그러고는 정중히 인사하며 말했어요.

"저는 장승이라고 합니다. 이곳에 먹을 것이 많다는 소문을 듣고 왔습니다. 제발 절 쫓아 내지 말아 주십시오."

사람들은 너무 큰 장승을 보고 한 번 놀라고, 커다란 목소리에 두 번 놀랐어요.

"장승의 발을 좀 봐요. 저렇게 큰 발이라면 우리를 밟을 수도 있을 거예요. 사람들이 다치기 전에 장승을 쫓아냅시다."

"장승은 착한 마음씨를 가졌을 거예요. 우리 모두와 싸워 이길 수 있을 만큼 큰데도 우리에게 정중하게 부탁하잖아요. 그러니 장승을 받아 줍시다."

마을 사람들은 두 편으로 나누어졌어요. 사람들이 오랫동안 회의를 한 결과 마침내 장승을 받아주기로 했지요.

"이보게, 자네를 받아 주기로 했네. 그 대신 마을 안에서는 살 수 없네. 자네가 너무 커서 사람들이 다칠 수도 있거든."

마을에서 제일 나이 많은 어른인 촌장이 말했어요. 그 뒤로 장승은 마을 어귀에서 살았어요. 장승은 항상 배부르게 먹을 수 있었어요. 대신 사람들이 할 수 없는 힘든 일을 도와주었어요.

그러던 어느 날, 갑자기 마을이 왁자지껄 했어요. 사람들이 도망가야 한다고 난리였지요. 장승은 촌장에게 물었어요.

"무슨 일입니까?"

"큰일 났네. 산속의 도둑들이 우리 마을의 곡식을 훔치러 온다지 뭔가. 도둑은 우리보다 힘도 세고 싸움도 잘하거든."

"걱정하지 마십시오. 제가 마을을 지키겠어요."

장승은 기뻤어요. 드디어 그동안의 은혜를 갚을 수 있게 되었거든요.

"와!"

갑자기 들판 저쪽에서 함성이 들리고 도둑들이 몰려오기 시작했어요. 장승은 들판으로 씩씩하게 걸어갔어요.

마을 가까이에서 싸우다가는 마을 사람들이 다칠지도 모르니까요. 장승은 들판 한가운데에 떡 버티고 섰어요. 마을을 향해 달려오던 도둑들은 장승을 보고 멈췄어요. 장승의 몸집이 너무 커서 놀랐던 거예요.

"마을에는 절대 못 들어간다. 그러니 산속으로 돌아가라."

장승의 목소리가 들판 가득 쩌렁쩌렁 울렸어요. 도둑들은 장승을 보고 웅성거렸지요.

"겁낼 것 없다. 저놈 하나쯤은 이길 수 있어."

도둑의 대장이 소리쳤어요. 그러자 용기가 생긴 나머지 도둑들이 마구 돌을 집어던졌어요. 장승은 돌을 맞을 때마다 몸이 따끔

거렸지만 눈썹 하나 까딱하지 않았어요. 이번에는 도둑들이 몽둥이를 들고 달려들었어요. 장승은 '쿵쿵' 소리가 나도록 발을 굴렀어요. 그 바람에 도둑들이 중심을 잃고 넘어졌지요.

장승이 도둑들의 앞으로 성큼성큼 걸어갔어요. 그리고 대장을 집어 들어 들판 끝으로 휙 던져 버렸어요. 그것을 본 도둑들은 도망가기 바빴어요. 서로 먼저 가려다 넘어지기도 했어요. 장승이 도둑들을 물리친 거예요. 마을 사람들은 손뼉을 치며 기뻐했어요.

"도둑들이 도망가는 것 좀 보세요."

"장승이 우리 마을을 구했어요."

마을 사람들은 장승을 칭찬했어요.

“여러분은 제게 먹을 것도 주시고, 여기서 살게 해 주셨어요. 도둑들을 쫓아내는 것은 얼마든지 할 수 있어요.”

장승과 마을 사람들은 더욱 친해졌어요. 그 뒤로도 도둑들이 가끔씩 쳐들어왔어요. 그때마다 장승이 도둑들을 물리쳤어요. 몇 년이 지나 더는 도둑들이 오지 않았어요. 왜냐하면 장승이 마을 앞에 서 있는 것만 봐도 멀리 도망쳤거든요.

세월이 흘러 장승도 할아버지가 됐어요.

‘나도 늙었으니 이제 곧 죽겠지. 내가 죽으면 누가 마을을 지킬까?’

장승은 걱정이 되기 시작했어요. 장승은 며칠 밤을 고민했어요.

“내가 죽거든 나만큼 큰 나무에 내 모습을 새기고 그 나무를 마을 앞에 세워 두세요. 그럼 도둑들이 나인 줄 알고 마을에 오지 않을 거예요.”

장승은 죽으면서 마을 사람들에게 말했어요. 사람들은 장승의 말대로 했어요. 멀리서 보면 장승이 마을을 여전히 지키고 있는 것같이 보였지요.

그때부터 나무 '장승'이 마을을 지키기 시작했어요. 도둑은 물론 나쁜 귀신까지도 장승을 보면 도망간다고 믿었거든요. 그 뒤로 사람들은 마을마다 장승을 세웠답니다.

마을을 지키는 수호신

사람들은 왜 장승을 만들었나요?

사람들이 살다 보면 좋은 일도 있지만 불행하고 힘든 일도 겪게 되지요. 병이 들거나 불이 나서 집과 마을이 다 타버리거나 흉년이 들어 굶을 수도 있었어요. 우리 조상들은 이런 나쁜 일을 귀신의 장난이라고 생각했어요. 귀신의 장난을 막기 위해서 장승을 만들기 시작했고요. 나무나 돌을 사람 모양으로 깎아 만든 장승을 마을 어귀에 세우면 귀신이 마을로 들어오지 못한다고 믿었답니다.

솟대
장승
우리 조상들은 볍씨를 넣은 주머니를 솟대에 매달면 풍년이 든다고 믿었어요.

박물관에 가면 사람의 모습을 닮은 장승 옆에 조각품이 달린 긴 장대가 세워져 있는데 그것은 무엇인가요?

솟대라고 해요. 긴 장대 끝에 달린 조각품은 새를 조각한 것으로 대부분 오리 모양이지만 기러기나 까치같은 새를 조각하기도 해요. 솟대는 정월 대보름날 마을 사람들이 함께 모여 좋은 나무를 고르고 새를 조각하며 그해 농사가 풍년이 되기를 기원했어요. 물론 솟대도 장승과 같이 마을의 어귀에서 마을을 지켜준다고 믿었어요.

장승이나 솟대 모두 마을을 지켜주는 수호신이었군요. 마을을 지켜주는 다른 것에는 무엇이 있나요?

제주도에서는 장승 대신 돌하르방을 만들었어요. 그런데 장승이나 솟대가 마을을 지켜주는 역할만 하는 것은 아니었어요. 옛날에는 마을 사이가 멀리 떨어져 있었어요. 그래서 길을 가다 장승이나 솟대를 보면 근처에 마을에 있다는 것을 알았지요. 또 마을과 마을의 경계를 나타나기도 했어요.

돌하르방

귀신이 된 효자

"쿵쿵! 쿵쿵!"

돌이는 내일 장에서 팔 장작을 패고 있었어요. 이마에 땀방울이 송글송글 맺혔지만 차가운 바람이 금세 씻겨 주었어요. 돌이는 부모님 생각에 힘든 것도 모르는 효자였어요.

돌이의 아버지, 어머니는 오랜동안 자식이 없었어요. 그래서 부처님께 불공을 드려 돌이를 낳았지요. 동네 사람들은 돌이가 부처님이 주신 아들이라서 효자라고 했어요.

'이 나무를 팔아서 무얼 할까? 부모님께 고깃국을 끓여 드려야지. 그리고 이제 곧 겨울이 될 테니 솜옷도 한 벌씩 지어 드려야겠다.'

나무를 쪼갤 때마다 풋풋한 나무 향기가 났어요. 나무는 '쩍쩍' 소리를 내며 잘도 갈라졌어요. 도끼를 높이 든 돌이의 팔에 차가운 것이 닿았어요.

'어! 눈이 오네. 빨리 서둘러야겠다.'

돌이는 서둘러서 나무를 쪼갰어요. 그런데 산을 내려올 때쯤엔 눈이 펑펑 쏟아졌이요. 눈 쌓인 길은 무거운 나뭇짐을 지고 걷기에 힘들었어요. 더구나 날까지 저물어 앞이 잘 보이지 않았어요.

돌이는 낮에 올라왔던 길을 잃어버렸어요.

그때 작은 불빛이 반짝거렸어요. 반가운 마음에 돌이는 앞도 살피지 않고 걸음을 재촉했어요. 돌이가 한 발을 내딛자 몸이 기우뚱했어요. 무거운 나뭇짐 때문에 중심을 잡을 수가 없었거든요. 돌이는 그만 낭떠러지에서 떨어져 죽고 말았답니다.

"여보 할멈, 이러지 말고 이 죽이라도 좀 먹어 봐."

"불쌍한 우리 돌이, 장가도 못 가고 죽었으니 불쌍해서 어쩌나."

다시는 아들을 볼 수 없게 된 어머니는 몸져눕고 말았어요.

"할멈이 이렇게 아프면 돌이가 어떻게 저승으로 가겠소. 돌이는 장가도 못 갔으니 몽달 귀신으로 세상을 떠돌고 있을 거야."

"몽달 귀신이라도 좋으니 한 번만 봤으면 소원이 없겠어요."

죽어서 귀신이 된 돌이는 부모님의 말을 듣고 마음이 아팠어요. 어머니 소원대로 모습을 보여 드릴까 생각도 했지요. 하지만 귀신이 된 자기를 보면 부모님이 더 슬퍼하실 것 같았어요. 그래서 부모님 곁에 있기로 결심했어요.

그러던 어느 날, 마루 끝에 앉아 있던 아버지가 고개를 갸우뚱거렸어요.

“이상하다. 참 이상하다. 광 속에 있던 쌀 한 가마니가 부족한데, 어젯밤에 도둑이 들었나?”

돌이는 광으로 달려갔어요. 정말 쌀 한 가마니가 부족했어요.

‘아니, 가난한 집의 곡식을 도둑질하다니, 잡히기만 해 봐라.’

그날부터 돌이는 광 옆에서 도둑을 지켰어요. 며칠 후, 초승달이 뜬 밤이었어요. 싸리문이 살짝 열렸어요. 몸집이 큰 사람 하나가 살금살금 마당으로 들어왔어요. 그러고는 주위를 살피더니 광으로 들어갔어요.

돌이는 가만히 도둑을 지켜보았어요. 도둑은 광에서 쌀 한 가마니를 메고 나왔어요.

돌이는 도둑을 쫓아갔어요.

개울을 건넌 도둑은 산속 작은 오두막으로 들어갔어요. 어찌나 낡고 오래된 집인지 곧 무너질 것 같았어요. 돌이는 문틈으로 방

안을 들여다보았어요.

"난 정말 도둑질을 너무 잘한다니까. 내일 또 가서 한 가마니만 더 훔쳐야겠다. 그럼 올 겨울은 걱정 없이 지낼 수 있을 거야."

도둑은 방 한가운데 누워 잠이 들었어요. 드르렁드르렁 코까지 골면서요.

'내일도 훔치겠다고? 어디 두고 보자. 내가 혼을 내주고 말 테다.'

돌이는 하루 종일 어떻게 도둑을 혼내 줄까 생각하다 좋은 꾀가 생각났어요.

이윽고 밤이 깊었어요. 돌이는 산속 오두막으로 갔어요. 돌이가 한참을 기다리자 도둑이 나타났어요. 어깨에 쌀가마니를 메고 노래까지 부르면서요.

"네, 이놈!"

돌이는 크게 소리를 질렀어요. 그 소리에 도둑은 너무 놀라 쌀가마니를 떨어뜨렸어요.

"왜 땀 흘려 일할 생각은 안 하고 남의 것을 훔치느냐?"

"흥! 네놈이 누군지는 모르겠지만 내가 도둑질하는 것을 보았으니 그냥 둘 수 없다."

도둑은 소리친 사람이 자기보다 작다는 걸 알았어요. 그래서 싸움을 하면 이길 수 있을 것 같았어요.

"자, 맛 좀 봐라!"

도둑은 소리가 나는 쪽으로 몸을 날렸어요.

"하하하, 네가 나를 잡겠다고?"

도둑은 분명 돌이를 잡았다고 생각했어요. 그런데 그곳에는 아무도 없었고 등 뒤에서 웃음소리가 들렸어요.

돌이는 도둑이 떨어뜨린 쌀가마니를 한 손으로 들었어요.

"자, 이걸 받아 봐라!"

돌이가 쌀가마니를 도둑에게 던졌어요.

"어이쿠!"

도둑은 날아오던 살가마니를 피하다 '쿵' 소리를 내며 쓰러졌어요. 도둑은 모습도 보이지 않고, 힘도 센 돌이가 귀신인 것을 알게 되었어요. 그리고 벌떡 일어나 힘껏 달리기 시작했어요. 많이 달아 났다고 생각해 쉬고 있는데 갑자기 돌이 목소리가 들렸어요. 도둑은 깜짝 놀라 흐느꼈어요.

"목숨만 살려 주십시오. 다시는 도둑질을 하지 않겠습니다."

"정말 도둑질을 안 할 테냐?"

도둑질을
한 집에 가서
아들이
되어라!

“예, 정말입니다. 앞으로는 착하게 살겠습니다.”

도둑은 허공에서 들리는 목소리 방향에 대고 계속 빌었어요.

“좋다. 넌 내 대신 아들이 되어야 한다. 어제 도둑질을 한 집에 가서 내 대신 효도를 해라. 두 분을 잘 모시지 않으면 내가 다시 나타나 널 벌줄 테다!”

“예, 예. 착한 아들이 되겠습니다.”

도둑은 그 자리에서 산을 내려와 돌이 집으로 갔어요. 그러고는 부모님께 큰절을 올렸지요. 아버지와 어머니는 처음 보는 사람이 절을 하자 놀랐어요. 도둑은 산에서 겪은 일을 이야기했어요. 두 분은 도둑의 손을 잡고 눈물을 흘렸어요. 그 뒤로 아들이 된 도둑은 줄곧 돌이의 부모님을 정성껏 모시는 효자가 됐어요.

그 모습을 본 돌이는 더는 바랄 것이 없었어요. 부모님께 자기 대신 효도를 할 아들이 생겼으니까요. 하지만 아버지, 어머니는 가끔씩 총각으로 죽은 아들 돌이를 생각하며 한숨을 쉬었어요. 그럴 때면 돌이도 왠지 한숨이 나왔지요.

이제 걱정이 없어진 돌이는 저승으로 가야 했어요. 저승 가는 길은 아주 멀었어요. 그래서 저승 가는 길에 길동무라도 하나 있었으면 좋겠다고 생각했지요. 그런데 그런 돌이의 마음을 부모님이 알았던 걸까요?

어느 날, 어머니가 이렇게 말했어요.

"여보, 영감. 우리 죽은 돌이를 장가보냅시다."

"장가?"

"예, 윗마을에 작년 여름 돌림병으로 죽은 분이라는 처녀가 있다네요. 우리 돌이와 좋은 짝이 될 것 같아요."

어머니의 바람대로 봄꽃이 활짝 핀 화창한 날 혼인 잔치가 벌어졌어요.

사람들은 깨끗한 짚으로 신랑, 신부 인형을 만들었어요. 돌이 인형은 사모관대를 하고, 연지 곤지를 찍은 분이 인형은 하얀 가마를 탔어요.

돌이는 분이가 절을 하자 왠지 부끄러웠어요. 좋으면서도 자꾸만 얼굴이 붉어졌어요. 이제 돌이는 분이와 함께 저승으로 편안하게 갈 수 있을 것 같았어요.

귀신과 통하는 사람

내 옆에서 나를 지켜주고 도와주는 귀신이 있다면 좋을까요? 아니면 무서울까요? 착한 귀신이 아닌 사람을 괴롭히는 귀신이 있다면 쫓아 버려야 해요. 이런 귀신을 쫓아내는 방법이 있나요?

귀신을 쫓아 버리는 방법이 있어요. 장승이나 당산나무 같은 것들은 귀신이 마을로 들어오는 것을 막지요. 다른 방법으로는 금줄치기가 있어요. 아기를 낳으면 새끼줄에 숯이나 고추를 끼워서 대문에 걸어 놓는 것이 금줄이에요. 금줄은 악한 기운이 들어오는 것을 막아준다고 해요. 부적도 있는데 부적은 종이에 붉은 색으로 글이나 그림을 그려 귀신을 막고 행운을 불러온다고 해요.

금줄

금줄이 쳐있는 곳은 사람도 함부로 들어가면 안 된답니다.

여러 가지 방법이 있군요. 귀신을 쫓는 다른 방법은 없나요?

귀신을 쫓아내는 사람도 있어요. 우리 조상들은 '무당'을 귀신과 만나 이야기를 할 수 있는 사람이라고 믿었어요. 무당은 사람의 앞일을 알려주고 사람들의 소원을 신에게 이야기해 주는 일을 해요. 또 사람에게 해를 끼치는 나쁜 귀신을 쫓아 버리기도 하고요.

무당과 귀신이 만나는 것을 '굿'이라고 해요. 무당은 굿을 통해 귀신에게 사람을 도와줄 것을 부탁하기도 하고, 사람에게 해를 끼치지 못하게 타이르기도 하지요. 그러고는 귀신과 이야기가 끝나면 음식을 먹여 돌려보내지요. 귀신은 음식의 냄새를 맡는 것으로 먹는 것을 대신한다고 해요.

무당

나쁜 귀신을 쫓는 부적은 만드는 사람마다 모양이 달라요.

아기를 주는 삼신할머니

아주 먼 옛날 동쪽 바다 깊은 곳에 용궁이 있었어요.

용궁에는 바다를 다스리는 착한 용왕과 왕비가 살고 있었어요. 그런데 용왕과 왕비에게는 걱정거리가 하나 있었어요. 바로 심술 맞은 공주님 때문이었지요.

하루는 공주님이 용궁 꽃밭의 꽃들을 밟아 놓아 왕비가 공주를 불렀어요.

"공주야, 꽃도 하나하나 생명이 있는데 꽃밭을 왜 이렇게 망쳐 놓았니?"

"꽃이야 다시 키우면 될 텐데, 무슨 걱정이세요?"

공주는 뭐든지 하고 싶은 대로만 했어요. 또 갖고 싶은 건 무엇이든 가지려 했고요. 남의 것이라도 빼앗는 욕심쟁이였지요. 용왕은 타이르기도 하고 야단도 쳤지만 공주는 여전히 나쁜 일을 했어요.

그러던 어느 날, 공주가 또 사고를 쳤어요. 날카로운 바늘로 물고기들을 콕콕 찔렀던 거예요. 참다못한 물고기들은 용왕을 찾아왔고, 그 얘기를 들은 용왕은 불같이 화를 냈어요.

"넌 바다 나라 공주면서 물고기를 괴롭혔다. 도저히 용서할 수 없다. 그러니 벌을 받아야 해."

"아버지, 한 번만 용서해 주세요. 다시는 물고기를 괴롭히지 않겠어요."

공주는 울면서 말했지만 용왕의 화는 풀리지 않았어요.

"사람들 세상에 나가 좋은 일을 많이 하면 널 용서해 주겠다!"

공주는 어머니의 손을 잡고 말했어요.

"어머니, 제가 사람들에게 좋은 일을 해 줄 수 있겠어요? 저는 할 줄 아는 게 하나도 없는걸요. 제발 아버지를 설득해 주세요."

왕비는 공주가 세상에 나가 할 수 있는 좋은 일을 곰곰이 생각했어요.

공주야,
어쩌면
좋니?

"아기 낳는 걸 도와주는 신을 삼신이라고 하지. 사람들 세상에는 삼신이 없으니 네가 가서 삼신이 되거라. 먼저 아빠 씨와 엄마 씨를 만나게 해서 엄마 뱃속에 넣는 거야. 그러면 열 달 후엔 예쁜 아기가 태어나지. 그 일을 하다 보면 아버지도 용서해 주실 거야."

왕비의 말을 들은 공주는 삼신이 하는 일이 쉬울 것 같았어요. 어서 세상에 나가 아기 낳는 걸 도와 하루라도 빨리 용궁에 돌아오고 싶었어요. 그래서 왕비의 말을 끝까지 듣지 않고, 세상에 나가는 쇠로 만든 상자에 들어가 뚜껑을 닫아버렸어요.

"이를 어째? 아이를 꺼내는 방법은 말해 주지 않았는데……."

왕비는 발을 동동 굴렀어요. 하지만 공주를 태운 쇠 상자는 이미 보이지 않았어요.

마침내 공주는 사람들이 사는 바닷가에 도착했어요. 공주는 서둘러 주변을 둘러봤어요. 마침 그곳에는 그물을 손질하는 어부가 있었어요. 공주는 어부에게 다가가 말했어요.

"안녕하세요, 전 용궁에서 온 공주인데 아기 낳는 걸 도와준답니다. 제 도움이 필요하지 않으세요?"

"참 잘됐군요. 우리 부부는 아직 아기가 없답니다. 나와 아내가 아기를 낳도록 도와주세요.”

공주님은 기뻤어요. 세상에 나오자마자 착한 일을 할 수 있었으니까요. 공주는 어머니가 가르쳐 준 대로 했어요. 그러자 어부의 아내 배가 조금씩 커졌어요. 부부는 기뻐하며 열 달을 기다렸어요. 드디어 열 달이 지나 아기가 모두 자랐어요. 아기는 너무 커서 엄마 뱃속에 있을 수 없었어요. 아기는 세상으로 나오기 위해 엄마 배를 발로 찼어요. 어부의 아내는 배를 움켜쥐며 말했어요.

"공주님, 아기가 나오려고 해요. 이제 어떻게 해야 하나요?"

공주는 깜짝 놀랐어요. 뱃속에서 아기 꺼내는 방법을 몰랐으니까요. 어부의 아내는 엉엉 울면서 데굴데굴 굴렀어요. 공주는 겁이 나 어부의 집을 몰래 빠져나와 바닷가 바위틈에 숨었지요. 어부는 아내가 아파하자 하늘에 기도를 했어요.

"하늘이시여, 제 아내가 아이를 낳을 수 있도록 도와주세요."

어부의 간절한 기도는 하늘에 닿았어요. 하늘에서는 회의가 열렸지요.

"너희들 중에서 누가 삼신이 되겠느냐?"

옥황상제의 말에 마음씨 착한 명진 아가씨가 삼신이 되겠다고 했어요. 명진 아가씨는 엉엉 울고 있는 어부의 아내를 돕고 싶었거든요. 명진 아가씨는 어부를 찾기 위해 땅으로 내려왔어요. 그러다가 바닷가에 숨어 있던 공주를 만났어요.

"당신은 누구신데 이런 바닷가에 숨어 있나요?"

"전 원래 용궁의 공주랍니다. 삼신이 되어서 사람들을 도와주러 왔지요."

"뭐라고요? 당신이 삼신이라고요? 하늘나라 회의에서는 제가 삼신이 되기로 결정했는데요."

명진 아가씨와 공주는 서로 삼신이라며 실랑이를 했어요. 그러다가 어부 아내의 비명에 실랑이를 멈추고 힘을 합쳐 아기를 꺼냈어요.

명진 아가씨와 공주는 아기를 꺼낸 뒤 하늘로 올라갔어요. 하늘에서는 다시 회의를 열어 둘 중에서 삼신을 결정하기로 했어요. 하지만 쉽지 않았어요.

"좋다. 내가 너희에게 꽃씨 하나씩을 주겠다. 이 꽃씨를 잘 키운 사람을 삼신으로 삼겠다."

명진 아가씨와 공주는 그날부터 정성스럽게 꽃씨를 심고 가꾸었어요. 날마다 물도 주고 바람도 막아 주었지요.

드디어 명진 아가씨의 씨앗에 꽃이 피었어요. 멀리까지 향긋한 꽃향기가 날 만큼 많은 꽃이 피었어요. 공주의 씨앗에서도 드디어 꽃이 피었어요. 작고 연약한 한 송이가 피었지요.

"명진은 씨앗 하나에서 많은 꽃을 피웠구나. 그러니 명진이 삼신이 되거라. 용궁의 공주는 씨앗 하나에서 한 송이를 피웠으니 저승을 다스리도록 해라."

삼신이 된 명진 아가씨는 바람을 타고 사람들 세상에 내려왔어요. 삼신이 내려온 뒤로는 아기들이 많이 태어났어요. 또한 아기들이 병에 걸리지 않도록 보호해 주었어요. 이때부터 우리 조상들은 아기가 갖고 싶으면 삼신에게 부탁했답니다.

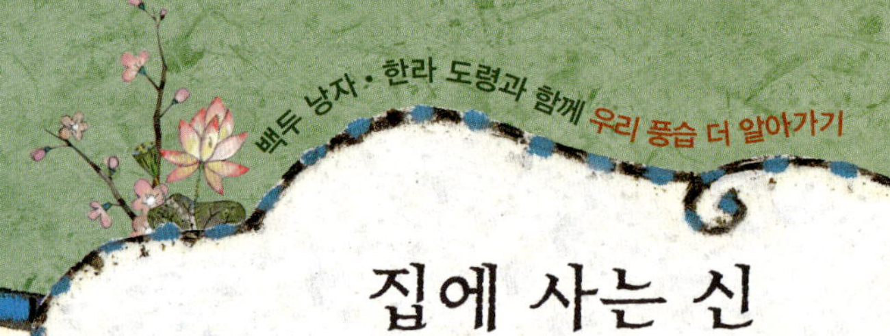
백두 낭자·한라 도령과 함께 우리 풍습 더 알아가기

집에 사는 신

아이를 낳고 키우는 일은 엄마가 하잖아요. 그런데 왜 우리 조상들은 삼신할머니가 아이를 낳고 키운다고 생각했나요?

옛날에는 지금보다 의술이 발달하지 않았고, 병원이 부족했어요. 또 병의 원인이나 치료 방법도 잘 알지 못했어요. 그런데 아이를 낳는 것은 엄마나 아기 모두에게 힘들고 어려운 일이거든요. 아기들은 어른보다 약해 병에 걸리기 쉽기 때문에 태어나거나 자라면서 죽기도 했어요. 그래서 아이를 낳고 키우는 일은 신이 도와주어야 한다고 생각했지요. 엄마가 아기를 임신해 낳고 열다섯 살 때까지 건강하게 키우는 일은 안방에 사는 삼신할머니가 도와준다고 믿었어요. 삼신할머니는 삼신할매, 삼신할미 등 지방마다 조금씩 다른 이름으로 불려요.

삼신할머니가 안방에 산다고요? 삼신할머니 말고 집안에 사는 신이 또 있나요?

우리 조상들은 사람이 사는 집에 여러 신들이 함께 산다고 믿었어요. 안방에는 삼신할머니가 살고, 부엌 아궁이에 불이 꺼지지 않도록 돌봐

주는 조왕신이 산다고 생각했어요. 장독대를 지키는 천룡신, 광이나 곳간에는 업신, 우물에는 요왕신, 화장실에는 칙신, 외양간에는 축신이 지키고 있다고 믿었어요. 대문간에는 문간신, 마당 한가운데서 집터를 지켜주는 신이 바로 터주신이지요. 집 안에 사는 신들을 가택신이라 부르는데 가택신의 대장은 집의 대들보에 사는 성주신이에요. 대들보는 집의 지붕을 받쳐 주는 가장 중요한 기둥으로 대들보가 부러지면 집이 무너져 버려요. 이런 이유로 새로 건물을 지을 때 성주신을 모시고 행사를 했어요. 성주신을 모시면 튼튼하고 복이 가득한 건물을 지을 수 있다고 믿었거든요.

집 안에 사는 가택신들도 참 많군요. 이젠 우리 조상들이 왜 가택신을 믿었는지 알 것 같아요. 가택신이 가족이 함께 모여 사는 집을 지켜주고, 가족들을 보호하고, 복을 주기는 바라는 마음이었을 거예요.

상량식

새로운 건물을 지을 때
성주신에게
감사 인사를 하는 것을
상량식이라고 해요.

교과가 튼튼해지는 우리 것 우리 얘기

우리 조상들과 함께 생활해 온 도깨비 이야기, 잘 읽어 보셨나요?

조상들은 도깨비와 귀신을 무섭고 두려운 존재로만 여기지 않았답니다. 다양한 물건에 도깨비나 귀신의 무늬를 새겨 넣어 복을 빌거나 가족과 마을을 지켜달라고 했어요.
조상들의 삶을 풍요롭게 한 도깨비, 귀신과 관련된 우리의 문화재를 한 번 알아볼까요?

도깨비

우리 조상들은 오래 전부터 일상 생활 속에서 도깨비를 받아들였어요. 좋은 도깨비들은 사람에게 은혜를 베풀거나 가족과 마을을 지켜준다고 믿었거든요. 그래서 여러 물건에 도깨비 무늬를 새겨 넣거나 도깨비와 관련된 이야기를 하곤 했어요. 지금부터 우리 조상들이 남긴 도깨비와 관련된 문화재를 찾아볼까요?

귀면청동로

솥 모양의 몸체를 다리 세개로 받치고 있는 청동으로 만든 물건이에요. 도깨비 얼굴을 몸체에 크게 새겨 두었어요. 도깨비의 입을 뚫어서 바람이 안으로 들어갈 수 있게 만든 점이 특이하지요. 모양은 향로와 비슷하지만 바람 구멍이 있는 것을 보면 화로로 사용된 듯 해요.

| 국보 제145호 |

백흥암 극락전 수미단

백흥암 극락전에 있는 불상을 모시는 수미단이에요. 5단으로 되어 있는 각 단에 봉황, 용, 코끼리, 사슴 등 불교에서 중요하게 생각하는 동물을 조각했지요. 제일 아랫단의 양쪽에 도깨비 얼굴을 조각했답니다.

| 보물 제486호 |

은입사 귀면문 철퇴

19세기 경 제작된 의식이나 행진 때 사용하던 철퇴예요. 윗 부분에 연꽃의 꽃봉오리 모양의 부분에 도깨비를 새겨 넣었어요. 도깨비 무늬는 각종 재앙과 질병, 사악한 것을 막아내는 의미로 넣은 것이에요.

| 보물 제1444호 |

문양전

다양한 문양과 형상을 새긴 뒤 구워서 만든 백제 시대의 벽돌이에요. 구름과 산, 봉황, 물결, 용, 연꽃 등 불교에서 중요하게 생각하는 여러 무늬를 새겨 넣었어요. 8개의 벽돌 중에 도깨비를 새긴 산수귀문전과 연대귀문전이 포함되어 있답니다. 산수귀문전은 아랫 부분에 구름 위 둥근 바위를 딛고 서 있는 도깨비를, 연대귀문전은 연꽃 모양 위에 도깨비가 서 있는 모습을 새겼답니다.

| 보물 제343호 |

용성관 석물

용성관은 조선 시대 관원들의 숙소로 사용된 건물을 말해요. 한국 전쟁 때 불에 타 지금은 건물의 계단에 도깨비 무늬만 남아 있어요. 잘 다듬어진 계단 아래의 난간 양쪽에 반원으로 둥글게 처리하고, 표면에 도깨비를 새겨 화재를 대비하는 의미가 있어요.

| 전라북도 민속 문화재 제104호 |

귀신

우리 조상들은 사람의 힘으로 어쩔 수 없는 많은 일들을 겪으면서 사람보다 뛰어난 능력을 가진 존재가 있다고 생각했지요. 그 존재를 귀신이라고 생각했어요. 귀신도 도깨비와 마찬가지로 사람을 도와주는 귀신과 해하는 귀신이 있다고 믿었지요. 우리 조상들은 귀신과 관련된 여러 문화재와 이야기를 남겼는데요, 지금부터 찾아 볼까요?

처용무

통일 신라 시대 처용이 아내를 범하려던 역신 앞에서 노래를 부르며 춤을 춰서 귀신을 물리쳤다는 설화를 바탕으로 만든 춤을 말해요. 처용무는 가면과 의상, 음악, 춤이 어우러진 수준 높은 무용이에요. 춤의 내용에는 나쁜 귀신과 악운을 쫓는 의미가 담겨 있답니다.

| 무형 문화재 제39호 |

삽살개

귀신과 액운을 쫓는 개'라는 뜻을 지닌 우리나라 토종개예요. 우리나라 민담, 그림 속에 자주 등장하는데 긴털로 덮인 눈으로 귀신을 볼 수 있다고 전해져요. 주로 귀족이 기르다가 통일 신라 이후에 일반 백성들이 키웠어요. 일제 강점기에 일본이 가죽을 쓰기 위해 많이 죽여서 그 수가 급격히 줄어든 우리 민족의 애환이 깃들어 있는 개랍니다.

| 천연기념물 제368호 |

방상시탈

방상시탈은 궁중 행사나 장례를 치를 때 나쁜 귀신을 쫓는 사람이 쓰던 탈이에요. 4개의 눈과 코, 입, 커다란 귀가 인상적이지요. 궁중에서는 붉은 옷에 방상시탈을 쓴 사람 4명이 불이나 색깔 등으로 귀신을 위협하여 쫓아내는 의식을 하는데 지금의 연극과 비슷했어요. 나라의 큰 일을 앞두거나 무사태평을 기원하는 중요한 의식이었답니다. 방상시탈은 종이나 나무로 만들어서 한 번 쓰고 묻거나 태워버렸다고 해요.

| 중요 민속 문화재 제16호 |

쌍계사 지장승

쌍계사 절터 입구에서 400미터 지점에 있는 2개의 돌장승이에요. 절 내의 살생과 수렵을 금하게 하고, 나쁜 귀신의 접근을 막는 역할을 했답니다. 화강암을 다듬지 않고, 얼굴만 조각해 돌의 느낌을 그대로 살린 조각품이에요. 절을 수호하는 의미의 유물로 불교가 민간신앙을 받아들인 특별한 문화재랍니다. | 전라남도 민속 문화재 제17호 |

철원 상노리 지경다지기

새 집을 지을 때 집터를 다지면서 동네 사람들이 함께 모여 행하는 주술적 의식이에요. 제의, 지경다지기, 여흥놀이의 세 마당으로 구성되는데 지경다지기 부분이 집터의 재앙, 나쁜 귀신을 쫓고, 지신의 노여움을 막고자하는 의미가 있어요. 지경돌을 가운데 놓고 줄을 잡았다 놓았다 해서 터를 다져요.

| 강원도 무형 문화제 제9호 |

〈오십 빛깔 우리 것 우리 얘기〉 시리즈

권별 교과 연계표

 국어  사회  과학  도덕  음악   미술

 체육  실과  바른 생활  슬기로운 생활  즐거운 생활

권	연계 교과
신 나는 열두 달 명절 이야기	사 3-2, 사 5-1, 사 5-2, 슬 1-2
관혼상제, 재미있는 옛날 풍습	국 1-2, 국 4-1, 사 3-2, 사 5-2
조상들은 어떤 도구를 썼을까	국 2-2, 사 3-1, 사 5-1, 사 5-2
옛날엔 이런 직업이 있었대요	국 5-1, 국 6-2, 사 3-1, 사 4-2
꼭 가 보고 싶은 역사 유적지	국 4-1, 국 4-2, 사 6-1, 사 6-2
신토불이 우리 음식	국 3-1, 사 3-1, 사 5-1, 사 6-2
어깨동무 즐거운 우리 놀이	국 4-1, 사 5-2, 체 4, 즐 1-2
나라를 다스린 법, 백성을 위한 제도	사 3-2, 사 4-1, 사 6-1, 사 6-2
하늘을 감동시킨 효자 이야기	도 3-1, 도 5, 바 1-1, 바 2-2
오천 년 지혜 담긴 건물 이야기	국 4-1, 국 4-2, 사 5-1, 사 5-2
세계가 놀란 발명 이야기	국 3-1, 국 5-2, 사 3-1, 사 5-2
빛나는 보물 우리 사찰	국 4-1, 사 6-2, 바 2-2
나라의 자랑 국보 이야기	국 5-2, 사 6-1, 사 6-2, 바 2-2
나라를 지킨 호랑이 장군들	국 4-2, 국 6-1, 사 6-1, 바 2-2
오천 년 우리 도읍지	국 4-1, 사 5-2, 사 6-1
하늘이 내린 시조 임금님들	국 6-2, 사 5-2, 사 6-1, 바 2-2
옛날 관청과 공공시설	사 3-1, 사 3-2, 사 6-1, 사 6-2
옛사람들의 우정 이야기	국 4-1, 국 6-2, 도 3-1, 바 1-1
얼쑤, 흥겨운 가락 신 나는 춤	국 6-1, 국 6-2, 사 3-1, 음 3
아름다운 독도와 우리 섬	국 2-1, 국 4-1, 국 5-2, 사 4-1
본받아야 할 우리 예절	국 3-2, 도 4-1, 바 2-1, 바 2-2

- 놀라운 발견, 생활의 지혜 　국 2-1 국 2-2 사 3-1 사 5-1
- 옛사람들의 교통과 통신 　사 3-2 사 4-1 사 5-2
- 머리에 쏙쏙 선조들의 공부법 　국 4-1 국 4-2 국 6-2 도 3-1
- 우리 국토 수놓은 식물 이야기 　국 1-1 과 4-2 바 1-2 슬 1-1
- 큰 부자들의 경제 이야기 　사 3-2 사 4-2 사 5-2 슬 2-2
- 생명의 보물 창고 우리 생태지 　국 2-1 국 4-2 바 1-2 슬 1-1
- 우리가 지켜야 할 천연기념물 　국 2-1 과 3-2 과 4-1 과 5-2
- 안녕, 꾸러기 친구 도깨비야 　국 2-2 국 3-1 국 4-1 사 5-2
- 오천 년 우리 강 이야기 　사 3-2 사 6-1
- 교과서 속 우리 고전 　국 3-1 국 4-2 국 5-1 국 6-2
- 알쏭달쏭, 열두 가지 띠 이야기 　국 3-1 사 3-2 사 5-2 사 6-1
- 빛나는 솜씨, 뛰어난 재주꾼들 　국 4-2 사 6-1 음 4 미 3, 4
- 수수께끼를 간직한 자연과 문화 　국 4-1 사 5-2 바 2-2
- 천하제일 자린고비 이야기 　국 6-2 사 4-2 도 5 실 5
- 민족의 영웅 독립운동가 　국 6-2 사 6-1 바 2-2
- 우리 조상들의 신앙 생활 　국 5-2 사 3-2 사 5-2 사 6-1
- 정다운 우리나라 동물 이야기 　국 2-1 국 2-2 국 6-1 과 3-2
- 멋스러운 우리 옛 그림 　국 4-2 사 6-1 미 3, 4 미 5
- 전설 따라 팔도 명산 　국 2-1 국 2-2
- 방방곡곡 우리 특산물 　사 3-1 사 4-1 사 5-2
- 아름다운 궁궐 이야기 　국 4-1 사 6-1 미 5 바 2-2
- 역사를 빛낸 여자의 힘 　사 6-1 바 2-2
- 신명 나는 우리 축제 　사 3-1 사 4-1
- 우리가 알아야 할 북한 문화재 　사 5-2 사 6-1 바 2-2
- 봄, 여름, 가을, 겨울 24절기 　사 5-1 사 6-1 과 6-2 슬 6-2
- 나누는 즐거움 우리 공동체 　도 4-1 바 2-2
- 이야기가 술술 우리 신화 　국 1-2 국 6-2 사 3-2 사 5-2
- 흥겨운 옛시조 우리 노래 　국 6-2 사 5-2 음 3 음 6
- 조상들의 지혜, 전통 의학 　국 5-1 국 6-2

오십 빛깔 우리 것 우리 얘기 30
안녕, 꾸러기 친구 도깨비야

개정판 1쇄 발행 | 2011년 8월 3일
개정판 3쇄 발행 | 2019년 1월 30일

글쓴이 | 우리누리
그린이 | 민재회

발행인 | 이상언
제작총괄 | 이정아

디자인 | 디자인 뭉클

발행처 | 중앙일보플러스(주)
주소 | (04517) 서울시 중구 통일로 92 KG타워 4층
등록 | 2008년 1월 25일 제2014-000178호
판매 | 1588-0950
홈페이지 | www.joongangbooks.co.kr
페이스북 | www.facebook.com/hellojbooks

ISBN 978-89-278-0121-4 14800
978-89-278-0092-7 14800(세트)

주니어중앙은 중앙일보플러스(주)의 어린이 책 브랜드입니다.